汉语容器

尤　佑◎著

浙江工商大学出版社
ZHEJIANG GONGSHANG UNIVERSITY PRESS
杭州

图书在版编目(CIP)数据

汉语容器 / 尤佑著. —杭州：浙江工商大学出版
社，2019.9
　　ISBN 978-7-5178-3401-4

　　Ⅰ．①汉… Ⅱ．①尤… Ⅲ．①中国文学－当代文学－
文学评论－文集 Ⅳ．①I206.7－53

中国版本图书馆 CIP 数据核字(2019)第 173824 号

汉语容器
HANYU RONGQI

尤　佑　著

策　　　划	杭州万事利天时文化创意有限公司
责任编辑	刘淑娟　王黎明
封面设计	林朦朦
责任印制	包建辉
出版发行	浙江工商大学出版社

（杭州市教工路 198 号　邮政编码 310012）
（E-mail：zjgsupress@163.com）
（网址：http://www.zjgsupress.com）
电话：0571-88904980，88831806（传真）

排　　版	杭州朝曦图文设计有限公司
印　　刷	杭州宏雅印刷有限公司
开　　本	710mm×1000mm　1/16
印　　张	12
字　　数	172 千
版 印 次	2019 年 9 月第 1 版　2019 年 9 月第 1 次印刷
书　　号	ISBN 978-7-5178-3401-4
定　　价	42.00 元

献给竹琴、屿瓷、楠歆。

不自见,故明;不自是,故彰;

不自伐,故有功;不自矜,故长。

——《老子·第 22 章》

人生如寄,多忧何为。

——曹丕《善哉行》

目 录

读评篇

诗学篇

从转型期到新时代：当代汉诗再出发

　　21世纪初期的诗歌延续了宋诗"文字为诗、才学为诗、议论为诗"的传统，开启"诗证时代"。但对于社会精细分工背后的多元诗歌，也存有泛滥、晦涩的非议。现代人对诗歌的审视，与庞杂的政治、经济、文化背景分不开。资本裹挟、数据引领、市民日常令诗歌之路日益逼仄，以致有人笑谈"写诗的人比读诗的人多"。

　　当时，中国社会处于转型期，打工诗歌及中产阶级诗歌创作蓬勃发展，异乡情愫在诗歌中日益彰显，当代汉诗因此而释放出新的活力。大体观察，可归纳为"学院派诗写""口语诗诗写""多元综合诗写"三类。学院派的诗歌创作占据了中产阶级创作的主体位置，他们主张语面的陌生、意象的重叠、哲理的深邃等，以词语"繁殖"的形式写诗，层层推进、想象再生，丰富了汉语表达的可能。与之相对的是碎片化诗写带来了口语诗变革。针对较为固化的汉语表达，口语诗创作者主张生活化、平民性、碎片化，但因为"过于段子"而产生了"时兴"大于"诗性"的结果。好在，多元的民间写作及知识分子诗歌创作，让新时代诗歌有了坚实的群众基础。

　　无疑，当下中国所处的新时代，对诗歌创作提出了新要求，也给诗学研究提出了新课题。借此东风，当代汉诗再出发，应侧重诗歌语言艺术的人民性和民族性，着力梳理、规范、包容、丰富汉诗的表达，力求做到"其道易知而可法，其言易明而可行"。让当代汉诗回归日常抒情，真正恢复汉语的光辉。

　　改革开放以来，中国经济飞速发展，地域文化格局巨变。站在时代的节点,回顾转型期的诗歌,有两点值得关注。

其一,资本化、网络化对当代汉诗的影响。诗歌的资本化问题不同于网络文学创造的产值,而是资本化运作对人民生活的全方位影响。21世纪之初,我国稳步进入大资本化以及后工业时代。同时,网络呈蔓延式发展。人处在大数据的怪圈之中。互联网终端、移动终端占据了人的大部分时间。信息社会的捆绑带来阅读和写作的碎片化,一方面打开了诗歌创作的民众之路,另一方面又让汉诗写作陷入泛滥态势。近20年,诗歌写作经历了论坛热潮、博客发表,到眼下的朋友圈晒诗,诗歌几度繁荣,又极度虚空。纸质诗歌刊物的订阅量日趋减少,而网络诗歌则泛滥成灾、难出精品。这反映了深度阅读的缺失。从诗歌活动上看,为体现文化的繁荣,诗歌活动盛极一时,各地以诗歌之名,大兴诗歌集会。资本与网络对诗歌有本质的腐蚀作用,让留在表面的当代汉诗成为"低门槛""无标准""无底线"的荼蘼虚伪之作。尚未成熟的诗人极易受到名利诱惑,而未历困境打磨、缺少充分的时间创作,更缺少生命主体意识。本来,人是有人权的,但有些人在资本与网络的裹挟下,主体被异化了。而后,资本化之后的人更趋向于盲从资本,追求金钱,追求利益,追求社会身份,失去了理想主义和人文关怀。

其二,中国人步入了市民生活和市井社会。随着我国城镇化步伐的加快,原来的聚居式氏族生活变成市民生活、城乡接合部的市井生活,人们更多地倾向消费主义,对整个民族、整个国家、整个人类的走向,缺少心灵观照。在这里面,大多数人都活成了小我。诗人的写作亦是小我写作,呈现的是语言的狂欢、语言的消费。诗人开始寻找属于自己的"舒适带",因为那是诗人最舒服的表达方式。一旦出现承担集体的情况,诗人的"气格"就显得很低。好在日常安逸,无须诗人去承担,而诗人也热衷于对美学修辞,对小句子的精致追求。很多学院派不再具有理想主义,而是进行某种语言衍生游戏罢了,而一些所谓的口语诗,打着民间的旗帜,只体现了小我在社会及压力下的疼痛感,表达机械、千诗一面。诸如此类,限于个体经验的表达,难以承担民族与时代之大义,也难以抵达真正的艺术之境。

文随代变,诗为引领。当代中国所处的生活境况以及社会分工,决定了人们关心的是"自我本身"。所以诗歌创作者不经意就落入表达自我的怪圈。市民社会的现况,源于消费主义,更是社会资本化的必然结果。面对日益繁复的现实境况,诗歌创作难以驾驭时代,又何谈引领未来呢?诗人转入个人化的叙事(注意:这不是真正的生命叙事)。即使诗人抒发自己个人感受再多(这是资本与网络覆盖下的虚拟镜像),但放到时代背景之中,诗人只是被异化的数据符号而已,极易成为网络信息的傀儡。在后工业时期,资本控制一切,数据引导一切并解释一切,我们每一个人,其身份,比如说是职员身份、公司领导身份、官员身份,其实都是资本里的符号,或者是资本理财中的零部件,构成整体国家机器的一个零部件。如此符号,如此指代,如此虚无的个体存在,决定了泛滥的网络诗,等于无诗,等于没有突出体现出 21 世纪中国转型期的汉诗。

当然,在虚无高蹈之表象下,转型期诗歌定有暗流涌动。譬如,始于世纪之初的打工诗歌,郑小琼、许立志等诗人,较好地把后工业时代的隐痛与个体生命交织阐明;以陈先发、胡弦、李元胜为代表的优秀诗人,他们的诗歌创作富有中国古典文化的抒情特色,延续了汉诗的纯正血统,呈现了汉诗高贵的精神向度;亦有把中国古典诗词空灵性表达与西方现代诗歌深度意象融合的诗人,他们的创作之风有中西合璧之感。我更愿意看到的是:当代诗人写当代汉诗。进一步讲就是,当代汉诗一定要融合现代社会的语言元素、现代人的思维方式、现代人所渴慕和追求的精神写意。

十九大召开以来,文艺工作得到极大重视。如何让诗歌进入大众生活?或许,当代汉诗再出发时,可以注重汉诗的生活基础和民族意识,充分体现当代汉诗的当代性、生长性、人民性、民族性。对于诗歌来说,经过转型期的资本裹挟问题,诗人耽于语言狂欢的问题仍在影响着当代汉诗的发展。如何解决过于雕饰、炫技的诗歌创作等问题,让当代汉诗回归人民视野,既需要遵循艺术创作的规律,又需要将人民放在创作的中心位置。

正所谓"蓄道德而能文章",作为新时代的诗歌创作者,必须拥有良好的政治素质和广阔的学术视野,充分掌握汉语文化的话语权,不能做西方文艺理论学的奴才,更不应使中国古典文化和汉语本身的光辉淹没。

一百年前,湖畔诗社作为中国现代文学史上的第一个新诗社团成立,本质上就是平民主义的胜利。而今中国文艺又到了革除晦涩、走向平易的关键端口。新湖畔诗社将继续推进"诗的日常抒情"和"汉语本身的魅力"两项革新。

首先,诗歌的日常精神,在长久以来为诗人所关注,但是并非被提到一个旗帜性的地位。《新湖畔诗选》以"开自由之风,向自然致敬"为目标,显示出诗性诚意,其"自由""自然"正与转型期的"资本裹挟""数据引领"相生相克。倘若人类要做到真正的诗意栖息,必须要回归个体的日常生活,远离资本运作,向自然靠近。湖山所据之地,正是人类心灵的秘境,仿佛诗歌。作为心灵的产物,其文化价值在于抚慰心灵,引领人民求真、向美、务实、向善、积极创造力量。如果诗歌仅仅是少数人斗智的载体,那么诗歌仅是玩物罢了。新湖畔所提倡的诗歌文本,应该是晓畅平易之中富有曲折变化。我们反对过于晦涩的诗歌,也反对过分"口水"的诗歌,不管是叙事描写,还是议论抒情,"诗言志"的传统应该加以巩固。只不过,在当下百姓日益增长的精神生活所需的背景下,汉诗不应该停留在空洞抒情,也不应该只是凌空蹈虚的议论,而应该注重观察日常,用流畅自然、平易婉转的语言,写出当下生活的日常诗意。

其次,诗歌本身就应该反映时代生活。本着文学源于生活、高于生活的文艺理论,诗歌创作应该扎根于人民。从百姓的日常生活中发现诗意,从祖国大好河山中发现自然之美与人文之厚。由许春夏、卢山主编的《新湖畔诗选》,作为浙江诗坛的新兴力量,具有深厚的人文底蕴和明亮的文学主张。如今诗选已完成了三期的征稿,前两本诗选的出版,完成了较为扎实的理论架构,同时,也得到了全国各地诗人的支持,尤其是80后、90后诗人的倾力相助,具有良好的诗写基础。

以人民为中心的诗歌创作,是注重个体意识及尊严的写作。必须克服士大夫写作的浮靡之风,也不同于格律诗新韵,我们认为自然和自由是当代汉诗的价值取向,不应受到过多的禁锢。力求在接近自然、晓畅通达中富于曲折变化、理趣引领,让诗歌真正成为人民的艺术,成为语言艺术的精品。

中国传统文化博大精深，底蕴深厚，且从未间断。诗文，尤以"天人合一"为最高追求。可以断言，中华文化自成高格，其气度和底蕴构成民族性基础。

新时代的文艺视阈，一定是国际化的。国际化的同时，需要固守民族文化之根，在此基础上，与各国文明参照比对，分析孰优孰劣，从而建立富有民族特色的文艺价值观。

作为诗歌创作，必须坚持恢复汉语光辉的创作导向。汉诗，一度翻译腔过浓。毫无疑问，对西方诗歌的译介，一定程度上奠定了当代汉诗的现代性基础。但是汉语有汉语的特点，比如：精准且丰富，多义又形象，鲜活并典雅，具象而风韵。将汉语的特性融入诗歌创作，是体现汉诗民族性的关键。

中国是诗的国度。我国第一部诗歌总集《诗经》就是劳动人民智慧的结晶，它所反映的诗歌与政治的态度，它所运用的表达技巧，它所蕴含的中国诗歌的气格，正是当代汉诗所欠缺的。风雅颂，赋比兴，这样传统文化的精粹；山水田园，送友酬酢，如此诗意的生活日常；朴直晓畅，曲折变化，如此丰富的汉语表达；皆可称为当代汉诗的养分。

于此，我不是主张复古，恰恰是想要明确当代汉诗真正的现代性。我一直认为，诗歌的现代性正是它的生长性。所谓的先锋诗歌，只存在于概念之中，而现代性生长则反映了生活、语言与诗歌的密切关系。

只有诗人时刻在场，根据当下的语境进行鲜活的创造，他的诗歌才会具备现代性。相反，如果一个人只停留在诗歌历史当中，邯郸学步、东施效颦，则会丑态百出，完全写不出符合当前语境的现代诗。所以，新时代诗歌的民族性，要求当下诗人用鲜活饱满的汉语写出在场的当代汉诗。

——《新湖畔诗选》第 3 期

重估中国湖畔诗社的文学价值及后世影响

一、越过《冬夜》:"中国第一个新诗社团"诞生

风起云涌的 1921 年,其意义是全方位的。对诗歌来说,郭沫若的《女神》横空出世,为 20 世纪的文学高潮之一。诗人创造的"凤凰涅槃"意象,高度概括了黑暗中国的重生愿景。当然,新诗的尝试并不"为我独尊"。自胡适强调"诗体大解放"后,刘半农、沈尹默、鲁迅、周作人、康白情、郑振铎、汪敬熙、朱自清、郭沫若、玄庐、刘大白、俞平伯等人都尝试过深浅不一的探索。其中,俞平伯已有属于自己的诗学建构。他的诗集《冬夜》(1922 年亚东图书馆)遭到很多人的反对,譬如,闻一多曾专门写作《〈冬夜〉评论》,对俞平伯的诗歌创作提出了褒少贬多的批评意见,认为《冬夜》虽然音节"凝练、绵密、婉细",但总体缺乏想象,意境亏损,单调寡味。可以说,闻一多从中国古典写意出发,不满足于思想和语言的生活化,故俞平伯等人的新诗,有过于粗浅的毛病。他曾经说:"我本想将当代诗坛中已出集的诸作家都加以精审地批评,但以时间的关系只能成此一章。先评《冬夜》虽是偶然捡定,但以《冬夜》代表现时的作风,也不算冤枉它。评的是《冬夜》,实亦可三隅反。"依此言,如果闻一多不被暗杀,现代汉诗的"古典"继承定会更好。不可否认,在五四运动及新文化运动之后,新诗的发展的确外倾严重。闻一多对俞平伯的"诗的进化的还原论""民众文学""贵族化和平民的论争"等诗学讨论持否

定态度,皆因他们的创作主张不一。闻一多研究中国古典文化,创作《唐诗杂论》等,旨在为"衰微的民族开一剂文化药方",而俞平伯则想用平民的思想去解决新汉诗的语言问题。

除俞平伯外,主张平民白话的大有人在。但同样也有梁实秋等人,认为胡适的《尝试集》矫枉过正,且认为"自白话入诗以来,诗人大半走错了路,只顾白话之为白话,遂忘了诗之以为诗,收入了白话,放走了诗魂"。即使这样的论争已经过去百年,我们依然可以从中找到某些关于汉诗的终极争端问题:诗为谁而作,汉诗究竟如何运用汉语,等等。

如此文化背景下,1921 年 1 月 4 日,周作人、郑振铎、沈雁冰、郭绍虞、朱希祖、瞿世瑛、蒋百里、孙伏园、耿济之、王统照、叶绍钧、许地山等十二人在北京成立以"研究介绍世界文学,整理中国旧文学,创造新文学"为宗旨的文学研究会。作为响应,1921 年 6 月上旬,留学日本的郭沫若、成仿吾、郁达夫、张资平、田汉、郑伯奇等人于日本东京成立创造社。

1922 年 5 月上旬,一本叫作《湖畔》的诗集在上海出版了。这是一个月前刚刚成立的中国第一个新诗社团湖畔诗社的第一枚硕果。集中收有应修人、潘漠华、冯雪峰的诗作和从汪静之《蕙的风》中选出的 6 首小诗。初版 3000 册一问世,立刻引起了热烈的反响。郭沫若、叶圣陶、郁达夫等写信致贺。到了 1922 年 9 月,汪静之《蕙的风》出版,由朱自清、胡适、刘延陵作序,周作人题写书名,短期内就印了 5 次,销售 2 万余本。1923 年 12 月,湖畔诗社又出版了《春的歌集》,收应修人、潘漠华、冯雪峰三人诗作 105 首和冯雪峰怀念潘漠华的文章《秋夜怀若迦》。湖畔诗社的影响日益扩大,1925 年 3 月又出版了谢旦如的《苜蓿花》,另外还创办了文学月刊《支那二月》。

诗歌是时代的先兆。《湖畔》的创作风向,一定程度反映了当时青年人的思想动态。浙江作为文学重地,引领全国的精神风尚。当时就读于"浙江第一师范学校"的汪静之、冯雪峰、潘漠华,经由在上海工作的应修人的联合与商榷,正式在浙江西湖畔成立了中国湖畔诗社。他们的创作比《尝试集》中的诗歌要成熟得多,既剔除了《女神》的高亢,也突破了俞平伯《冬夜》的寡味,一定程度上汲取了英国"湖畔诗派"的抒情养分,滋生了中国本土的"第一个新诗社团"。

二、抒情传统：自然与人的感受力的互动

中国是诗的国度,汉诗的精神不断传承,历久弥新。这印证了席勒关于诗的精神的论述："诗的精神是不朽的,它也不会从人性之中消失。除非人性本身消失了,或者作为人的能力消失了,诗的精神才会消失。"湖畔诗社的诞生,是江南湖山与新文化背景下的民众感受力相融的结果。

起初,汪静之名气很大,个人诗集《蕙的风》经过多位名家的推荐以及胡梦华的反面论争后,人气鼎沸。因了这"名声",应修人约于1922年初与汪静之联系,结为诗友。1922年3月底,应修人到杭州西湖畔游玩,并组稿编成一集,即为《湖畔》的真身。从《湖畔》的选诗来看,四位青年诗人创作于1921年到1922年间的诗,诗风有所不同。随后,几个年轻人聚在一起,他们的诗歌热情被点燃,诗风互相影响,诗艺日渐娴熟。1922年四月初,应修人写了一首赠诗,题为《心爱的》："逛心爱的湖山,定要带着心爱的诗集的。//柳丝娇舞时我想读静之底诗了;//晴风乱飙时我想读雪峰底诗了;//花片纷飞时我想读漠华底诗了。//漠华的使我苦笑;//雪峰的使我心笑;//静之的使我微笑。//我不忍不读静之底诗;//我不能不读雪峰底诗;//我不敢不读漠华底诗。//有心爱的诗集,终要读在心爱的湖山的。""心爱的湖山"即为杭州西湖畔美景,"心爱的诗集"则是"湖畔诗人"纯真友谊的结晶。他们以诗之名,同聚杭城,初心可表,情真意切。其朴拙的语言源自情感的自然诉说。随着人类活动的加剧,自然与人若即若离。城居者过着忙碌的生活,想象力和社会性会驱使人暂时离开自然,但是心向自然的道路和道德的冲动将人拉回自然。诗的力量正同这种冲动有着密切关联。因此,当自然视野关闭之时,诗的能力并不会丧失,它只是在另一个方向下发生作用。故此,诗与自然,血脉相连。

热血青年,浸润于美丽的湖山,怎能不诗兴大发呢？正如1800年,英国

著名的浪漫主义诗人、文学评论家柯勒律治迁居昆布兰湖区,觅得志同道合的华兹华斯、同为浪漫主义诗人的骚塞,他们的心灵就此抵近,成为文学史上著名的"湖畔诗人"。相隔百余年的"湖畔诗人",他们之间确有某种相似的美学基因。正如朱自清所说:"真正专心致志做情诗的,是'湖畔'的四个年轻人。他们那时候差不多可以说生活在诗里。潘漠华氏最凄苦,不胜掩抑之致;冯雪峰氏明快多了,笑中可也有泪;汪静之氏一味天真的稚气,应修人氏却嫌味儿淡些。"(《〈中国新文学大系〉诗集导言》)他们的作品以抒情短诗为主,表现了新文学运动初期,刚刚挣脱封建礼教束缚的天真烂漫的青少年,对美好自然的向往和对幸福爱情的憧憬。他们的诗具备单纯、清新、质朴的美。

自然与人性,破除时空壁垒,遥相呼应。华兹华斯在他和柯勒律治的合集《抒情歌谣集》的序言大谈诗歌语言的日常性,认为诗歌的主要目的是带给人精神上的愉悦。他宣布了与古典主义规范相反的新的诗歌创作原则,强调人的切身感受,无论诗人、诗体抑或诗歌题材。具体来说,诗歌对于华兹华斯而言表现为一种趣味。在诗歌题材方面,华兹华斯主张不仅要写伟大的历史事件,也要写普通百姓的日常生活;在诗体方面,他主张发展民间诗歌的艺术传统,写诗应该避免陈旧的词句,采用民间生动的语言,因为它是一种更纯朴和有力的语言。他认为诗的韵律、节奏,必须在很大程度上与口语的音调相吻合。

事实上,中外的湖畔诗人都强调抒情的重要性。中国湖畔诗社的四位诗人共情于西方浪漫主义的诗写。试看华兹华斯的情诗:"她是快乐的精灵/当她第一次闪现在我视线/一个活泼的幻影/作为转瞬即逝的珍宝降临/她的眼睛美若黄昏的星星/她神色的头发也如黄昏一般/但是她身上其他的东西/却来自三月里的春光和欢乐的黎明/一个舞蹈的身影,一份幻想的欢乐/她埋藏起来,让人迷惑,让人吃惊。"(《她是快乐的精灵》节选)如此直抒胸臆,是诗人朴拙而真挚的写作风格的体现。与之有异曲同工之妙的,可看汪静之的《伊底眼》:"伊底眼是温暖的太阳;/不然,何以伊一望着我,/我受了冻的心就热了呢?//伊底眼是解结的剪刀;/不然,何以伊一瞧着我,/我被镣铐的灵魂就自由了呢？//伊底眼是快乐的钥匙；/不然，何以伊一瞅着我，/我就住在乐园里了呢？//伊底眼变成忧愁的引火线了；/不然，何以伊一盯着我，我就沉溺在愁海里了呢？"这是汪静之创作于1922年6月的爱情诗。全诗重章叠句，以"太阳""剪刀""钥匙"三大意象表现爱情对年轻诗人的冲击。可谓以情制动，直抒胸臆。汪静之对待情感的态度质朴且自然，在1923年冯雪峰写作的散文《秋夜怀若迦》中得到印证。他说："静之诗歌少经世事的折挫，尚保存着天真的人，他虽白日里，也敢一步一回头地瞟见他意中人。"由此可见，汪静之写诗的出发点是创作主体的心理自觉。

英国湖畔诗派创作的情诗，至今已为经典。流传甚广的有华兹华斯的《你为何沉默不语?》《我的露西》和柯勒律治的《她是快乐的精灵》《爱情》《爱的初降》《爱的回忆》。细读应修人、汪静之、冯雪峰、潘漠华等人的情诗，可以发现其中的共通之处，不仅在于人类对爱情的感知力相同，而且在语言表达上有着相同的美学追求，那就是以最朴拙的语言写出人类的日常感情。

当然，抒情传统是一方面，但倘仅以"情诗"定位"湖畔"，有失偏颇。英国湖畔诗派的追求也是多方面的。1815年，也就是《抒情歌谣集》出版15年后，华兹华斯重新定位自己的创作，他将诗歌创作能力概括为：观察和描述的能力，感受的能力，沉思的能力，想象和幻想的能力，虚构的能力。对于中国湖畔诗社的四位诗人来说，情诗创作也只是某个阶段的结果。在不同的境遇下，他们的创作追求呈现出多元风貌。

三、应修人："中国湖畔诗社"的发起人

应修人，浙江宁波慈溪人。14岁时，在上海钱庄当学徒，五四时期开始创作新诗。1920年任中国棉业银行出纳股主任，并发表新诗和童话。1922年，发起并运作"湖畔诗社"。毫无疑问，在湖畔诗社历时3年多的文学活动中，应修人最积极、出力最多。有评论认为，"应修人几乎以一己之力，架起了湖畔诗社这叶扁舟，在新诗勃兴时期，留下了独特的印记"。

1925年，随着左联文学的兴起，湖畔诗社的主将应修人、冯雪峰都汇入

其中。1933年，年轻的应修人为了搭救左联作家丁玲，坠楼身亡。从他的文学实绩看，革命性大于文学性。尤其是五卅惨案后，没有应修人的倡导，湖畔诗社的活动就终止了。

应修人自己的文学创作从自学开始。他在上海钱庄当学徒期间，就自学了许多中国古典文学著作。其代表作有《小小儿的请求》《妹妹你是水》《负情》《到邮局去》。

诸多主张白话写诗的人中，应修人算是最古典的一位。尤其是从《湖畔》到《春的歌集》，应修人的诗歌创作风格有明显的变化。

《小小儿的请求》选择的主题是赞颂母亲。整首诗的层级随着地域的缩小，情感态势却越发强烈。"祈求"风雨雷电不要吹到自己的家乡，却反其道说"还不妨吹到我家，千万请不要吹醒我底妈妈"。殷仪认为，"这首诗还妙在诗外有画，画外有诗"。诗人选择了遇上狂风恶浪的游子的心境这一角度，明写游子深恐"风浪惊痛了伊底心"，实际指向自己对故乡和母亲的怀念。

相对来说，他的短诗创作更有嚼劲。譬如："篱旁的村狗不吠我，/或者他认得我；/提着筠篮儿的姑姑不回答我，/或者伊不认得我。"（《或者》）这首《或者》起兴、对比的手法，完全出自中国古典作品，寥寥数笔，将"姑姑"的陌生感体现出来；又如"田塍上受过蹂躏的青菜，静静地睡着；/还是绕些远路走呢，还是践伊而过呢？"（《彷徨》）此诗可见诗人的"悲悯"情怀，心中的彷徨来自自己对田埂上的青菜的感知。显然，成诗的前提是"受过蹂躏的青菜"有其象征意义。

依我所见，应修人和当时的许多文人一样，为顺应时代潮流，力主"白话"写作，誓言要与旧时代、旧文化决裂，但是从骨子里，他仍是古典主义的传承者，是中国抒情传统的一脉。在五四新文学前行的道路上，仍有一批人对"白话新诗"的通俗化持怀疑态度，并提出批评的观点。应修人选择了折中路线，那就是丢弃古诗词韵律，解放诗体，却保留古诗词韵味。

试看收录在《春的歌集》中的一些诗，诸如《草地之上》《妹妹你是水》《偷寄》《信来了》《负情》《天未晓曲》等。用词准确、节奏明快、意象古典是这些诗的共同点。"蝉唱,蝉唱,/唱成一片。/绿荫,绿荫,/绿成一片。/我友,我友! /我们也/谈笑,谈笑,/笑成一片。"(《草地之上》)这首诗歌写于潘漠华、冯雪峰到上海与应修人聚会之时。时值七月,蝉鸣一片,绿荫一片,谈笑一片。这种用语方式,有古汉语遗风。应修人的名作《妹妹你是水》,同样是一首古典写意的诗作,把心爱的人比作"清溪里的水""温泉里的水""荷塘里的水",写出她率真、暖心、高洁的品格,同时也有诗人与心爱的人,与读者的互动,颇有《诗经》的"思无邪"之风。

应修人只活了 33 岁,但其生命充满正能量。年少时,出外学徒,自学不辍;青年时,受五四运动及新文化运动的影响,积极组织文学活动,发起并运作"湖畔诗派";接着积极参加左翼文学联盟,每一步都掷地有声。1933 年 5 月 15 日,他为正义而凛然一跳,留烈士英名于青史,其"纵然天地一齐坍碎/可是从这败墟之内/依然有我的爱火飘飞!"可谓诗成谶言,明证了他短暂的一生,只为追求自由飘飞。

四、汪静之:"赞颂自然、咏歌恋爱"的"小孩子"

汪静之,安徽绩溪人,与胡适同乡。五四运动其间,他深受《新青年》影响,并开始写新诗。在与应修人联系之前,他就与潘漠华、冯雪峰、赵平复、魏金枝一起成立了"晨光文学社"。他是一位大胆率真、性情敏锐的青年诗人。爱情诗集《惠的风》对封建礼教有很大的冲击力,并引起了当时的"文艺与道德"争鸣。

郑择魁、王文彬曾撰文评论:"汪静之以压抑不住的热情,胜利者的姿态,大胆地唱出了爱情的歌,热烈明快,把对爱情的歌颂与反封建礼教结合在一起,好像是投向旧道德的一颗炸弹。"但汪静之自己却认为《惠的风》,不过是一颗"小石子"。

是哪里吹来

这蕙花的风——

温馨的蕙花的风？

蕙花深锁在园里，
伊满怀着幽怨。
伊底幽香潜出园外，
去招伊所爱的蝶儿。

雅洁的蝶儿，
薰在蕙风里：
他陶醉了；
想去寻着伊呢。

他怎寻得到被禁锢的伊呢？
他只迷在伊底风里，
隐忍着这悲惨而甜蜜的伤心，
醺醺地翩翩地飞着。

——《蕙的风》

　　惠花是一种长在乡野的兰花。在汪静之的笔下，她暗香涌动，随风吹向自由，让黑暗为之颤抖。诗的开篇就直截了当，仿似"空穴来风"；而"锁""禁锢"都强化了"黑暗"的背景；继而是"惠花"的凝香与"风""蝶儿""伊"的融合转承，一种"执着追求"的况味，尽在其中。

　　汪静之认为，"古代农民暴动的时候，没有武器，就拿锄头钉耙代替，也能发生作用，与此相似，在五四运动的大潮里，不过是一颗小石子的《惠的风》，却发挥了比小石子本身更大的作用"。

　　大多数诗人都经历过"荷尔蒙"创作期，汪静之的"新生的欲望""任性的神气"加上当时"道德束缚"的时代背景，让"惠的风"引来一阵骚乱。在沈从文看来，这"骚乱"的影响，对于年轻人来说，较之陈独秀在政治上的论文还大。汪静之富有敏锐的诗性,以至于当时他就写出了中国诗坛最早歌颂中国共产党的诗作《天亮之前》。

作为湖畔诗社情诗的代表人物,汪静之的诗歌热烈而单纯,率真且自由,体现了那时年轻人的精神风向。他对西湖情有独钟。其《西湖杂诗》(二十九首)和《西湖小诗》(十七首),将湖畔诗人的足迹与西湖美景完美结合,可谓"一切景语皆情语"。

> 山是亲昵地擒着水,
> 水也亲昵地擒着山。
> 湖儿,伊充满热烈的爱,
> 把湖心亭抱在心里,
> 荡漾着美的波浪,
> 与他不息地接吻着。
> 东风来看望伊,
> 柳儿拱拱手弯弯腰地招待着。

——《西湖杂诗》(其二)

推而演之,汪静之的诗歌有两大核心构成,即为"自然"与"爱情",他以孩子般纯净的心,看自然山水,悟人间情义。正如朱自清的评价:"他的诗多是赞颂自然、咏歌恋爱,所赞颂的又只是清新、美丽的自然,而非神秘、伟大的自然;所咏歌的又只是质直、单纯的恋爱,而非缠绵、委屈的恋爱。这才是孩子洁白的心声,坦率的少年的气度!而表现手法的简单、明了,少宏深、幽眇之致,也正显出作者底本色。"

五、冯雪峰:"筚路蓝缕,以启山林"的探路者

以"湖畔诗社"为起点,冯雪峰毕生的创作量巨丰,涉及诗歌、杂文、论文、寓言等。他是浙江义乌人,一生钟爱文学。1928 年,冯雪峰因柔石而结

识鲁迅,并负责上海左翼文学战线工作,任左联党团书记。1936年鲁迅先生逝世,冯雪峰主持追悼会。1941年冯雪峰被捕,被囚禁于上饶集中营,于1976年逝世。

当时被朱自清认为"语言明快"的冯雪峰,凭着自己的勤奋努力,成为湖畔诗社停止活动后,后续力最强的一位。其实,通过《湖畔》《春的歌集》中的一些诗作,可以看到冯雪峰的创作潜力。

> 片片落花,尽随着流水流去。
>
> 流水呀!
> 你好好地流罢。
> 你流到我家底门前时,
> 请给几片我底妈;——
> 戴在伊底头上,
> 于是伊底白头发可以遮了一些了。
>
> 请给几片我底姊;——
> 贴在伊底两耳旁,
> 也许伊照镜时可以开个青春的笑呵。
> 还请你给几片那人儿:——
> 那人儿你认识么?
> 伊底脸上是时常有泪的。
>
> ——《落花》

可以断定,《落花》一诗,综合了《小小儿的请求》的主题和《惠的风》的写意,是典型的湖畔诗风——"自然与人性的结合"。那么《猎人》一诗,就是一首较早的现代主义先锋诗了。它的出现甚至与西班牙诗人洛尔迦的《猎人》相呼应。

红日登山的时候，

他负起弓儿出游；

乘着轻风驾上箭，

飞呀，飞呀，

空天中的苍鸟！

落日烧林的时候，

他吊着古剑归去；

剑儿拖地铮铮响，

接呀，接呀，

扫落叶的少妇！

——《猎人》

　　较之于湖畔诗人的直白来说，此诗使用了深度意象，"苍鸟"与"落叶"之隐秘联系，恰恰留白了"猎人"狩猎的过程。这一笔法和西班牙行吟派大诗人洛尔迦的名作《猎人》相同。"在松林上，/四只鸽子在空中飞翔。/四只鸽子/在盘旋，在飞翔。/掉下四个影子，/都受了伤。/在松林里，/四只鸽子躺在地上。"(洛尔迦《猎人》)我甚至猜想，冯雪峰有可能读到过洛尔迦的作品，并有意仿之。根据时间推断，在中国，最早翻译洛尔迦诗歌的人是戴望舒，洛尔迦出现在冯雪峰的视野中，极为可能。且新汉诗的现代主义大萌发就是在 20 世纪 20 年代，诗歌评论家汪剑钊曾说，"中国的新文学滥觞于十九世纪末，崛起于二十世纪初，继而在二三十年代奠定不可移易的基础。新文学萌芽—崛起—繁荣的过程恰好与西方现代主义文学的发展同步"。何况，五四运动促使中国文人"别求新声于异域"，谁能说，湖畔诗社中没有现代主义的萌芽呢？

　　湖畔诗社对中国新诗发展的贡献，远不止思想的解放，也在于诗体本身的探索。冯雪峰非常注重诗体的解放，注重语言的铺陈与推进，比如《落花》

中的句子遵循"短短长—短短长—短短长"的节奏,既有行吟之味,又有层层深入之感。

六、潘漠华:"饱尝人情世态的辛苦人"

潘漠华,又名"若迦"。冯雪峰的《秋夜怀若迦》,情意深重,收入1923年《春的歌集》卷末。

冯雪峰把潘漠华和汪静之比较,也将《夜歌》和《惠的风》比较。他认为:"若迦却是饱尝人情世态的辛苦人,而且又被盲目的运命所摆弄,爱了一个礼教和世俗都不许他爱的女郎;他们底爱是筑在夜底空中,他们在日里虽然遇着,是你还你我还我呀!"

可见,应修人所言"漠华的使我苦笑"恰如其分。潘漠华的爱情诗是缠绵悱恻、矛盾哀伤的。其代表作有《草野》《回望》《雨后的蚯蚓》《怅惘》《问美丽的姑娘》《若迦夜歌》等。

"哭泣""踯躅""坟墓""悲哀"等灰色调的词语常常出现在这位"感伤主义"诗人的诗中。

> 出了茶店,过了雨路,又进了酒店。
> 我不愿筑新坟在自己的头上。
> 雨后蚯蚓般的蠕动,是我生底调子。
> 我的寂寞!寂寞是无边,悲哀是无边。
> 愿海潮是我身底背景,火山是我身底葬地。
> 雨湿了相思的路?我底爱人!我底爱人!
>
> ——《雨后的蚯蚓》

因为用词较为生僻,潘漠华的诗歌不容易被大众接受,又因悲情而增添了婉约和朦胧的面纱。尤其是在那个破除媒妁婚姻、倡导自由恋爱的年代,他的情感基调,本身就是诗味。

关于潘漠华的苦情，冯雪峰有文记载："而且我想到那个只因和情妇说了几句话，便被恶徒们绑捆到戏台上去示众，受莫大的耻辱的是你(潘漠华)底哥哥。他受了这莫大的耻辱，愤怒之余，力加奋勉，出外求学，却在途中被横盗所劫，因此他不久便死了。这样收拾了一生的是你底哥哥。想到被无情的男子欺负了，因而被夫家拒斥，因而归娘家，受尽了种种侮辱遗弃轻视的是你底姊姊。"

正是这个"悲苦"的家庭，造成了潘漠华"孤僻的性情，虚无的色彩"。而在浙江第一师范学校的一段爱情，无疑是雪上加霜。据汪静之回忆："……因为他所爱的姑娘是封建礼教所不许可的，他心里一直觉得很有愧，所以他自卑自责。1921年上半年他曾和我谈过他这个秘密，他说他不曾告诉过任何人，要我守密。湖畔诗社四诗友本是无话不谈的，但因漠华要我守密，所以我对修人雪峰也没有谈起过。漠华的弟弟应人同志对我说，他从他哥哥的遗物中发现他哥哥的恋人很可能是某一女人，但只觉得可疑，不能确定。我说：'就是她。我是唯一知道这秘密的人。已经过五十九年了，现在不妨公开了。'应人说：'她还活着，还是不公开好。这秘密连我母亲都不知道。'"(《修人集·书简·注释》)

"问世间情为何物，直教人生死相许！"潘漠华虽然最后选择了与邹秀兰结婚，但事实上，他的爱情已入坟墓，徒添诗的悲情，应了那句"倘若他真毁灭了他自己呢？"

寂寞无边，爱情无价，一颗追求自由的心安放在受难的灵魂里，潘漠华以诗歌呼唤他的爱人。其创作的一百多首诗歌，为中国新诗的开端抹上了浓墨重彩的一笔。仿佛命由天定，他年仅32岁的生命历程，悲乎壮哉！自1925年3月以后，潘漠华便不再徜徉在诗的国度里，他毅然走上革命之途，加入了中国共产党，先后在武汉、杭州、上海、厦门、开封、北京等地为革命事业奔忙，两次被捕入狱。1933年秋，他任中共天津市常委，兼宣传部长。次年2月被捕，在狱中团结难友为反虐待而绝食，就在第三次绝食斗争中，他被灌滚烫的开水而壮烈牺牲。

七、谢旦如及其他：不容忽视的"短歌"

在中国新诗变革之际，日本的自由诗创作蓬勃发展。可日本白话诗对中国新诗的影响甚微。反而，经由周作人介绍，日本的俳句对中国新诗创作产生过不可估量的影响。冯雪峰、汪静之等人都有大量的短歌创作，随后加入"湖畔诗社"的诗人谢旦如更是"短歌"的迷恋者，他的《苜蓿花》可以证明。

余冠英曾经说，五四时期，"模仿'俳句'的小诗极多"。其中就有郭沫若、康白情、俞平伯、徐玉诺、沈尹默、冰心、宗白华、应修人、汪静之、冯雪峰、潘漠华、谢旦如、谢采江、钟敬文等人的作品。当然，和歌俳句也并不是中国小诗形成的唯一条件。

周作人曾经指出："中国的新诗在各方面都受欧洲的影响，独有小诗仿佛是在例外，因为它的来源是在东方的；这里边又有两种潮流，便是印度和日本，……"

且看《苜蓿花》节选："听说她底坟上今年生了枯草，/四围的柳杷也结得密密齐了，/只是丁香的叶里还没有花飘。"（第11节）"野风吹暖了春寒的深山，/老高的榴树红如火焰，/怀春的阿秀更狂了。"（第27节）"茶香处，姑娘多，/弯弯的涧水边有软软的路，/斜阳淡淡里，茅舍迷蒙了。"（第33节）

三行成诗，用简单的意象组合，形成奇诡的诗意。所选的三节，与日本的俳句相似，皆有明显表示季节的词语，如"丁香""春寒""茶香"。当然，谢旦如、冯雪峰、汪静之的短歌创作，并没有完全按照日本俳句的路数，而是取其自由形体，进一步解放了当代汉诗的诗体。

八、现代启示录：从诗意的本体出发

湖畔诗社的集结显然和西湖特有的地理优势相关。最初的四位诗人均不满20岁，处在荷尔蒙写作阶段。他们的热情与江南湖山的交融，既是新文化、新思想的表征，也是自然与人性的极致融合。这让我想起，鲁迅先生和太宰治在日本松岛的相遇，他们的友谊建立在人性的孤独与自然的沉静之上。由此看，大好湖山，唤醒了生命本体的良知与友爱。

随着新文化运动的推进，西方文艺理论成为中国近当代文学的审美支撑。现代主义萌发和生长，不可逆势。湖畔诗社的诗人各奔前程，西湖山水成了记忆中最美好的部分，湖畔诗社停止活动。应修人、潘漠华因革命而成烈士，年轻殒命；冯雪峰积极参加左联活动，诗兴不作；中华人民共和国成立后，汪静之虽有承续"湖畔诗社"之举，但诗的时遇不同往日，辉煌不再。可见湖畔诗人虽有开宗明义之功，但因缺乏系统深入的文学主张而根浅难固。

湖畔诗社的诗歌已然完成了它的历史使命，但我们仍可以从继承发展的角度，考量其在当代汉诗发展史上的意义和价值。尤其是湖畔诗社的抒情特色对于国际化进程中杭州这座山林城市的文化意义。可以说，真正的抒情，是从生命本体出发，摒除过多的外界纷扰，重视语言与情感的精致融合。

杭州这座山林城市以其独特的地理优势和文化底蕴，诗意地彰显了人性的光辉。这正是"湖山精神"的恒久在场。毕竟，对于单独的生命个体来说，敏锐地找到人与自然的联系，归于自然精神的谱系，有利于人类正视自己内心的品质。20世纪20年代，湖畔诗社代表了人们对浪漫主义的向往，《惠的风》可称得上是开社会风气之先。它不仅抛弃了押韵的格式、陈旧的格律，更将一颗年轻且充满求真意志的心，呈现给读者。一批年轻人，与西湖山水唱和，纷飞的思绪萦绕在曼妙的抒情之中，或苦或甜，或独立或迷惘，他们是最早将自己的身体意识与自然精神相结合的新诗写作者，且为此做出了不可磨灭的贡献。

时至今日，人们不得不回顾反思，当代汉诗的前途在何方？是不是仍该坚持西为中用，还是恢复传统汉语的光辉？不得而知。正在此时，生活在杭州的青年诗人喊出"是时候回归诗歌纯正的抒情传统了"的口号。在《大半生最美好的诗：新湖畔诗选》的序言中，青年诗人卢山指出："一个诗人在书写自己的命运时，也就书写了一个时代的命运。"当代汉诗的最大问题就是不用诗意和语言的本体来度量,而混杂元素过剩。如何提纯诗意,净化诗思,值得诗人们用行动赢得真正的诗歌尊严。就诗歌的文化价值而言,它可为时代的先锋,可引领时代风尚。但如今汉诗并未获得其相应的尊严,成为自恋者自吹自擂的工具,成为名利之附庸、社交的手段。毫无疑问,这样的诗歌是远离自然、远离本体的虚妄之物。

重新审视湖畔诗社的文学价值及后世影响,就是要进一步强调湖畔诗社的文学价值与本体精神。无论抒情还是叙事,我们都应遵循诗的本身——语言的本身。据此推演,诗是自然与肉身的消解与重构,而绝非社会的工具。

九、新湖畔诗选:精致抒情与湖山静修

2018 年 5 月,国际文化出版公司出版发行了《新湖畔诗选》。该书由诗人卢山策划、许春夏主编,收录了双木、袁行安、施瑞涛、卢山、北鱼、子禾、许春夏、水原清、浮世、陈健辉、卢文丽、泉子、李郁葱等的诗歌。地域性与抒情性为其两大特色,诗意蓬勃,诗心静寂。

显然,现代汉诗经过一百年的生长,已然不再单调青涩,而是庞杂、深邃、幽远。其精细化程度远超文学史认知,但揭其内幕,良莠不齐。新湖畔诗选的横空出世,让诗还原,继而让以诗歌活动为旗帜的汉诗浮夸者对镜洗面。策划者卢山说:"新诗百年之后,是时候拿出一点抒情的勇气了。所幸的是,江南的这片大好湖山,为我们的抒情保留了纯正的诗歌血液。"的确,当代诗歌的创作受到世俗名利及生活表象的裹挟太多,以致媚俗趋利、软弱无骨、鼓噪浮华。在一些人把物质说成是唯一的真实存在的时代,诗写的功利性被强化,而精神内在的需求被弱化。这与诗的精神背道而驰。我们在享受科技发展带来便利的同时,也被诸多"混杂元素"所奴役,并无准则地臣服、依赖、上瘾,以致剑走偏锋,把自身献给了祭祀的神坛。至于诗人写诗,自然就成了无根漂木。

"新湖畔"之新,首要在于其"还诗以纯粹",把人作诗的意义,等同于诗

歌意义的本身。以语言和诗意为先，有切身可感的主体意识，而不是为派别而派别、为旗帜而旗帜。

《新湖畔诗选》以"退让""开放""沉静""自由""纯粹"的姿态，不过分夸大人的主体位置，将人与自然结合。李郁葱、泉子、卢文丽等诗人生于江南，深谙"江南好风景"。正如泉子诗中所说："我是在江南的持续教育，/以及二十年如一日地与西湖朝夕相处中/得以与今日之我相遇的。"（《教育》）此诗至诚，在于人乃自然之子，涵盖了广泛的时空意识。从本质上讲，人的肉身只是客观存在，而人的意义在于时空浓缩。"新湖畔"找到了与"湖畔诗社"的内在联系：智者临水，原来我们在湖畔已行走数百年。

诗人泉子擅长在"疑无路"上做文章，总能找到日常生活的哲学命题。比如："云亭是一把尺子，孤山是一把尺子，/西泠桥是一把尺子，/西泠桥以远的重重叠叠的青山/是一把尺子，/直到它们共同测度与标识出这人世/同时也是一颗心的饱满与静寂。"（《尺子》）前几句的铺陈，为后两句的绽放蓄势。用自然之心度量人世，发现我们"心有湖山气自闲，头顶旷宇意豁然"。这些短诗既是人间顿悟，也是湖山恩赐。诗人只有将身心交于自然，方能感受到湖山的情义。

反观当代生活之所缺，正是某种慰藉。声色犬马、红灯绿酒，都市生活的奢靡与低俗，让人心愈发孤独，以致狂躁、无语无眠。面对都市生活的困境，人们究竟是放逐自我、沉溺自我，还是追求更高的精神写意？此处，需要在"恍惚"之中，找到"清醒的自我"。正如梦亦非在评价李郁葱的诗歌时所谈："中国新诗在处理当下日常生活中日趋琐碎，并因为极致的琐碎而陷入某种庸常。诗歌发展到今天，总是有一个指向，这个指向就是一些原初的哲学命题：从琐碎和庸常中走出，找到自己明确的个体位置，也就是我是谁、我从哪里来、我到哪里去的问题。"

其实，梦亦非的这个论断不仅适合李郁葱，同样适合所有诗人。诗人如果在诗中丢失自我，那是一件冒险的事。比如李郁葱写到《良渚之辞》，有强烈的在场意识："一个平常午后的漫步，像它的发掘/而我，偶尔看见这群山，似乎漫步在山麓之间/那些消逝的面容，在停顿和另一个停顿/在云和另一朵云那时间的消融中/事物有他们的秩序:比如我们依水而居/并给予这古老的命名,良渚,美好的水中之洲/在这一日接踵而至的黄昏,当白鹭/把风收束为一缕星光,它们只能有这样倾泻。"(《在遗址》节选)良渚,美好的水中之洲。如何将这美好的文化写得鲜活而有诗意?李郁葱避开形而上的文化颂歌,择现实小径"平常午后的漫步",用想象力浓缩时空,既有至理"依水而居",亦有"黄昏""白鹭""把风收束为一缕星光"的诗意。

每一首诗皆是"词语"的出入。当庸常生活披着自然之风进入诗人的眼帘,会有一种独一无二的美学机制,对其重新组合,进而一首诗脱颖而出。换句话说,请别相信你之所见。诗是逆商,你不仅可以向纵深处掘进,也可以在镜子里找到"南辕之北辙"。

毋庸置疑,当代汉诗所取得的成就很高,可追世界水平。当代汉诗为反映当下中国的社会人性现状提供可靠的、精准的文学报告,其尊严在于"越自由,越精细"。诗坛虽有不少笑谈,但不可否认当代汉诗已经进入"纳米技术"阶段,一些潜心于研究的诗人,用精湛的表达,将琐碎又繁复的生活迷宫打开。一百年前的湖畔诗社的抒情,与"新湖畔"的抒情,完全是两个级别。如今的抒情,节制而含蓄,精致且及物,不说字字珠玑,至少是情于词中,不泛滥,不虚妄。且有一批80、90后诗人,他们的抒情剔除了"荷尔蒙"写作的空泛,显得沉稳而有耐心。且看,"湿漉漉的西湖,植物的叶子闪着光/爱人,你初醒的眉上绽放着一座南方//微风吐露着昨夜的情话/我们相拥着交换彼此的梦境//杉树从阳台上送来雨水的问候/推开门的是清晨的第一缕阳光//当植物们从雨水里折起藤蔓/爱人,我们的船就缓缓起航"(卢山《西湖的情诗》其一)。青年诗人卢山的这首诗原名《雨》,收入在他的个人诗集《最后的情欲》,副标题:给 HF。由此可知,诗中的"爱人",可虚可实。诗人情意绵绵的思绪逢遇江南好湖山,缪斯之神的真诚与美意,择地而栖。这正符合米沃什关于诗歌性别的认知。卢山以其纯粹而精致的抒情,诚邀都市的喧嚣心灵与湖山共享宁静。"初醒的眉上绽放着一座南方",一语道破了西湖与人心的轻重。山水可轻佻,亦可涵盖生命。"微风"吐"情话","杉树"送"雨水",诸如此类的西湖写意,彰显着30来岁的情与欲,虽舒缓暧昧,却不甜腻滥筋；虽倾情山水，却不粉饰雕琢。此种抒情特质，决定了"新湖畔"可以更好地进入读者的心灵视野。如果将口语诗比作"骨瘦如柴"的模特，依靠"闪电"嵌入人间，那么"新湖畔"的抒情则多元丰富、典雅精致得多，它像是一位漫步西湖畔的思想者，行吟山水间，"摆脱先验的诗性，使常识得以显现"（布罗茨基语）。

同为赠诗，北鱼在诗作《赠暮小岑》中的抒情，显得更为热切。"我闻到了初雪的味道/源自傍晚的小山坡/余晖中切下的一小片/我相信云朵是最好的邮递员/缓慢而准时，比如一滴雨/寄到断桥上，夏荷会转告这片湖水/有一棵小草，在北方的冬暮/许过一个愿望。只需一夜/南方就为她松开了一小块泥土。"此诗从"暮小岑"的名字由来着笔，将"连山积雪入层林，满地樵歌隔暮岑"的意境与"我"的感知互通，进而用"切""寄""转告"等词传达出"情意相通"之味，其抒情节奏可谓"缓慢而准时"。

显然，抒情不是退步，泛滥才是硬伤。"新湖畔"的抒情主张，是退守，并非守旧。展望未来，诗歌更应主张人心与自然的真正融合。在物质至上、经济生活轱辘高速轮转的当下，诗人陷入被迫叙事的困境，那么"新湖畔"退守的"不合时宜"，恰恰是超前而真诚的抉择。

可喜的是，"新湖畔"集结的诗人中，有数位 90 后诗人。从双木和袁行安的诗歌中，我们可以看到当代汉诗的现代性生长。他们不再"固化"形而上的哲学思辨，更注重现代生活的双向互动。比如："银色水壶在深色的桌上煮着水，里面传出/坠落的声音，就像我的骨头，失落在山坡上。//而她在窄小的厨房里洗蔬菜，准备夏季的晚餐。/她的腰不再属于姑娘，像吞下巨大云朵的工作日//滑向平凡。我们时常讨论天气、价格和老板，/以为生活就是这样：我们向往自由，也困于自由。"（双木《启示》）读此诗，惊艳、惊诧、惊愕、惊天然。"银色水壶""窄小厨房"，描写生活之精细；"煮水""洗蔬菜"，日常场景之再现；"沸水"之中有"我"的沮丧、惶惑、滑落；"她"的腰肢，"吞下巨大云朵的工作日"，亦真亦幻；最后两行的"日常情理"正是现实逼仄的体悟通道。如此启示，何尝不是诗予人间的光呢！再看："电话挂断的瞬间/听觉如入水般停止了/停止。像黑暗中/一只云雀停落/在电话另一端的枝头/

枝头沉默,沉默中/我修葺一段持续的声音/我将自己修葺其间/至听觉戏剧消失/这一日,你/不再开口说话/而开放惊喜的声音,在过境后/留下不断膨胀的踪迹。"(袁行安《无题》)袁行安的诗是精密的时钟,亦是精确的"情绪测度仪"。他于无声处做文章,将存在的意义凿出,再现出工业时代的都市生活的"空白带"。

　　最后,且用许春夏的一首《新湖畔》,窥探"新湖畔"的初衷及未来可能。"大半生最美好的事/就是成了湖畔的一株梧桐树/自己开始喜欢上自己/这才是真正的成功/柳树手脚并拢/头上雨滴自然垂落了下来/站在暖暖的影子里/保俶塔拆了梯子/湖水不练习五体投地/环绕一圈固然美丽/但还是喜欢被湖水束缚在一起/湖水充满灵感/正是一个灵魂的悠然/我坐在人来人往的地方/望着映月三潭/只要一想起这是件美好的事/孤山的雪人就笑喷梅花。"(许春夏《新湖畔》)诗人立于西子湖畔,看湖水似镜,想到张枣《镜中》的"天人合一"。或许,人是很难在社会中看到自己的真灵魂的,毕竟,"趋同"是社会所需。只有向湖水纵深处探寻,才能明晰心灵的概貌。大数据背景下,日益紧密的人际关系紧缩着个性自由的空间,想要活出"真我",并非易事。现实常让人望而却步,诗人唯有"向自然讨教",才能找到诗与人的尊严。"湖水不练习五体投地",不向尘俗献媚,像一棵树那样安静而自在地过着美好的生活,正印证了"开自由之风,向湖山致敬"的诗学主张。"山水自有伟大的教诲","诗歌教会了我谦卑"(泉子语),诸神让位,还归自然,这正是后工业时代的都市生活真正匮乏的诗意,而西湖,又一次给了"新湖畔"抉择的机会。

——《新湖畔诗选》第 2 期

当代女性诗歌创作的"没影点"

——评《第二届 2016—2017 华语女子诗歌大展作品选集》

> 我等待着蟊斯,从一数到一百,
>
> 折断一根草茎,噬咬着……
>
> 如此强烈、如此普通地感受生命的短暂,
>
> 多么地奇异,——我的生命
>
> ——茨维塔耶娃

2019 年 4 月 14 日,我家喜添一女。看到妻子不分昼夜地哺育新生儿,我"如此强烈、如此普通地"感受到女性生命的伟大、奇异,不禁想起歌德在《浮士德》的最后两行写道:"永恒之女性,引导我们上升。"与此同时,我阅读《星星》诗刊编辑黎阳主编的《第二届 2016—2017 华语女子诗歌大展作品选集》(以下简称《华语女子诗选》)——三卷内藏 521 张女性面孔,或自信,或妩媚,或热烈,或俏皮……于是,我对当下女性诗歌写作有了一定的判断。

当然,对于姿态万千的女性诗歌写作,我无法面面俱到,只能采用散点透视法,对部分诗人及作品做相关解析,以带出女性诗歌写作的几个问题。但首要表明的是,我所期待的女诗人,不是矫揉造作、刻意求美的附属品,而是掷地有声的独立且敏感的灵魂。

男人本好胜,女人多爱俏。从女诗人的角度看,爱俏无碍深思,诗意的深邃成全了其内心的丰盈。不可否认,女性写作群体中,差异甚大。一部分

人的趣味已经超越了"女性身体意识",在黑暗中开出了湿地之花;也有部分人尚留在"虫蚁鸟兽阳光雨露"的自然之趣。当然,我并无鄙薄怡情写作的意思,而是说"女性诗歌"写作容易陷入某种程度的虚无,以致难以找到创作的归属地。倘若,当下女诗人能真正地将敏锐的触点指向现代生活,将"花裙子、母性、时尚、爱情、生育、性爱"等富于女性特色的日常体验与诗意融合,我们将看到"身体意识"与"现代意识"并驾齐驱,在诗意的密林里交汇。

在诗坛,"身体写作"并非是女诗人的专利。曾经的"下半身写作",就是"身体写作"的代表,他们凭借着"贴身可感、欲望驱动",轰动一时。20 世纪80 年代,翟永明、陆忆敏、伊蕾、唐亚平、唐丹鸿、尹丽川等女性诗人的创作,引起了诗坛瞩目。她们以鲜明的女性意识,将女性的身体意识和生命诉求展示给世人,其敏感、悖逆、焦虑所产生的"幽暗"审美,直指生命内部,令她们的诗歌具有语言本身以外的张力。

时过 30 余年,女性诗歌的先锋旗帜如何了? 新时代的女诗人是否已经沦为时尚消费品的拥趸者,又或是接过了前辈的旗帜,从现实审美中逃离,进入社会裂变下的文学审美呢?

翻阅《华语女子诗选》,我的确看到诸多敏感而独立的灵魂。她们用一首首诗歌,发出女性特有的生命宏声。该选本以地域为框架,构建了当下女性诗歌写作的中国地图,遴选范围之广,作者年龄跨度之大,选稿要求之高,工序之繁复,不言而喻。据主编黎阳介绍,华语女子诗歌大展,是覆盖华语写作群体的一次诗歌盛会。十年一届,遴选了海内外女性诗歌的精品力作。其中涵盖各年龄段的优秀女诗人代表,有耄耋老人,也有菁菁学子;有鲁迅文学奖的获奖诗人,也有漂流海外的游子。此次,华语女子诗歌大展选集的出版,以地域为编选次序,较全面地呈现了当代汉诗中的女性创作面貌,具有较强的文本解读价值。

读毕《华语女子诗选》(三卷),当下实力女诗人创作面孔纷纷呈现:海男、荣荣、灯灯、安琪、戴潍娜、宋晓杰、爱妃儿、李南、施施然、杨碧薇、宋清芳、林珊、潘红莉、梅颜玖、风荷、张洁、余幼幼等。她们是当代诗坛的代表性女诗人,与上一代女诗人形成某种程度的呼应与承续。作为创作个体,她们每个人都有自己的特色,或日常,或敏锐,或抒情,但创作的共性也非常突出。她们关注并延伸当代女性诗歌创作的特色,我们可以看到这些如画的风景,有着诸多并行之线,她们达成了一定程度的契合。

从成熟度和知名度来看,海男与翟永明等人属于同一时期的女诗人。海男以诗歌和小说创作驰名文坛,诗文如其名,带有鲜明的女性主义立场。在她的长篇小说《妖娆罪》《男人传》中,海男表现出强大的叙事能力,以女性强烈的感知能力测绘人性深渊。著名评论家陈晓明在评价《妖娆罪》时指出:"没有真正的逃离,没有彻底的报复,也没有生硬的女性主义,但海男写出了令人惊异的异域身体传统。"的确,"异域身体传统"增强了海男创作的神秘感。这与她的诗歌创作风格保持一致。

可以杀死我的、贿赂我的、取悦我的都是一体
它们在秘密的地域中登上了月球再回到地上
在那里,杀死我的,是灿烂的爱情
贿赂我的,通常是耳畔流水过去后来临的蒙面人
取悦我的,是我从熔炉中捧出的灰和琥珀
时间过得太快了……在我停顿的身下
钥匙在响动,头巾下的火车站已远逝
十八岁私奔的青年人已垂老
啊,时间,我赶上的飞机已落地
我重回大地,老年人在剥葵花子
秋天的绳索捆绑住了年轻人的身体
那杀死我的灿烂爱情如荒野推窗而逝
那贿赂我的河流像白银丝绸般铺展而下
那取悦我的时间,像母亲的故事潮水般涌来

——《那取悦我的时间》

此诗葆有的热情,令人惊叹。1962 年出生的海男,显然体悟过时间的

空泛。两个主体章节互为观照，中间夹着一句"十八岁私奔的青年人已垂老"，这显山露水的句子正是诗人向世人表露的心声。第一节中，"灿烂的爱情""蒙面人""从熔炉中捧出的灰和琥珀"，指向为爱懵懂、痴狂、放纵的青年人；而最后一节，"飞机"落地、"老年人在剥葵花籽"、"荒野推窗而逝"，正是时间给予人的反馈。显然，"莫恨流年逝水，恨销残蝶粉，韶光忒贱"。取悦"海男"的时间，讲述着女性共同的故事。

在新生代女诗人中，戴潍娜的创作是较为出挑的。她们的诗歌具有强烈的现代感。戴潍娜的诗集《我的降落伞坏了》，收入了她 2012—2015 年间的作品。虽然是 2014《星星》诗歌奖年度大学生诗人作品集，但诗歌语言的现代性异常突出。在国外留学期间，东西方文化的交融，促成其诗歌"现代性"的超越。入选华语女子诗歌大展的作品《炒雪》，除了女性立场外，更显示了戴潍娜超凡的想象力。

喜欢这样的一个天
白白地落进我的锅里

这雪你拿走，去院外好生翻炒
算给我备的嫁妆
铺在临终的床上

京城第一无用之人与最后一介儒生为邻
我爱的人就在他们中间
何不学学拿雄辩术捕鱼的尤维亚族
用不忠实，保持了自己的忠诚
这样，乱雪天里
我亦可爱着你的仇家

——《炒雪》

"无用之人""拿雄辩术捕鱼""炒雪",这些带有"巫"性的表述,正是诗人面对虚无时间的心灵舞蹈。索引这首诗,并非是因为戴潍娜的诗名,而是要借此讨论一个女性诗歌创作的问题——"写古诗还是写现代诗"的问题。面对来自全国各地的五百来位女诗人的创作,其中难免有一些"无病呻吟""佯装高雅"之作,那么编选诗歌的标准究竟是什么样的呢?从戴潍娜的《炒雪》来看,现代性思维是重中之重。虽然,从"雪"的意象和爱情的主题来看,此诗都显露出古典抒情的特色,但"白白地落进我的锅里""好生翻炒""铺在临终的床上",三处指向慵倦、虚无的爱情观,符合汉语的古典韵味,但其审美情趣远远不是陈旧的古风。对于女性诗歌创作,我非常认同女诗人吕约在2007年鼓浪屿诗歌节上的发言,她犀利地指出:"大多数人都在用现代汉语写古诗。大海,花朵,月亮,压抑已久的抒情……从意象体系、情感与思维方式来看,她们其实是古人。"此语中的"大多数人",虽然局限于当时她阅读的诗歌节民刊上的作者,但将其论断放置在当代女性诗歌创作的背景下,同样具有警示作用。

　　之所以列举海男与戴潍娜,是因为她们代表着当代女性诗歌创作的两条线。站在女性主义立场上看她们的诗歌创作,其交汇点恰恰在"身体修辞"与"现代意识"。

　　在现实生活中,女性审美常常引领着现代生活。《华语女子诗选》中,有许多自由的灵魂,她们是母亲、女儿、妻子,她们更是拥有自由和求真意志的生命个体。换句话说,真正永恒的女性,绝不是男人的附属品,其诗歌更不是其人的附属品。优秀的诗歌,带有鲜明的人格立场;出类拔萃的女性诗歌,不是只凭一点敏感、一点虚幻、一点雅致、一点暧昧,就可以征服读者的,它应该具备洁净、独立、向上、求真、细腻而不失宽广的质素。依我看,荣荣、安琪、灯灯、张洁、林珊等人的作品,正因具备以上形而上的特点,从而显出不俗的一面。

　　　星辰在屋檐上散步。我的手指
　　　在你的五官上散步

雏菊的香气，从小巷的深处

来到窗户

我的手指在你的鼻梁上散步，它已

成长为高山，内部

无数树木在生长，长不大也在生长

不见阳光，不见阳光也在生长

我的手指在你的唇上散步，很久了

它失却了它的语言

飞不出去的鸟，在你的喉咙里扑打冬天

我的手指来到你的心口：

这里，刚刚熄灭一座火山。

——《手指在散步》

　　灯灯，是我偏爱的女诗人之一。其诗歌的辨识度主要是语言，充分体现了汉语多义、象形、诗意、灵动的特点。她所追求的外表简约、内部复杂而疏朗的表达，进一步提升了其诗歌的艺术价值。其代表作《我的男人》，正因为有了鲜明的女性立场而备受关注。然而，我认为她有许多诗作，都超越《我的男人》，尤其是一些自然之诗、悲悯之诗。譬如《向低音致敬》(组诗)、《看叙利亚盲童在废墟上歌唱》等。《手指在散步》是一首欲望之诗，诗人由"星辰在屋檐散步"起兴，点明了时间，引入情境；继而是"手指在散步"，将难以抑制的欲望写得具象可感。

　　当然，关注女诗人的创作，远远不能止步于身体和欲望的书写。曾经，诗坛关注翟永明的《女人》(组诗)、唐亚平的《黑色沙漠》(组诗)、郑小琼的《女工记》(组诗)、余秀华的《穿过大半个中国去睡你》这类的诗歌，恰恰表明中国社会仍是以男权主义为中心的，这也恰恰是女性诗歌创作应该坚决反对的。女诗人有敢于直面诗写身体的权力，但女性诗歌创作的视野，远不止于此。于是，灯灯把自己的诗歌指向更辽阔的地带——自然与人性。

　　在语言求索方面，张洁和灯灯的美学类似——简净。她们的语言风格接近中国古代汉语中"清"的概念。

> 二月，是间空房子
> 北边住着冬天，南边住着春天
> 有时，一阵风，飘来左邻的雪花
> 有时，一场雨，荡来右舍的柳丝
>
> 二月是间空房子
> 有窗子，没装玻璃
> 白天，寂静无声
> 夜晚，请你细听，有猫在叫春
> 有浩荡大军，从房中穿行
>
> 二月空空
> 但一定有人在搬运什么东西
> 一定有人在树梢的鸟巢里
> 藏起了什么秘密
>
> ——《二月是间空房子》

　　语言的简净成全了意境的丰盈。二月，是间空房子。这个假设，融天地于细物，直驱事物及事理内部，真正做到了"精神微观察"，完成了诗歌"显微"之功能。更为关键的是，张洁在运用语言时，非常理性。这种感性与理性、想象与现实、变化与不变、北方与南方、寂静与内燃的有序编织，达成了语言有张力、诗味又远超语言本身的效果。可以说，此类诗彰显了汉语的无言之美。

　　依俗世眼光判断，女性诗歌创作带有明显的水性特质。但是有一些异质女诗人，面对现实时，远比我们想象中的更为敏感、更为精准、更为深广。她们对时代、时尚以及人性的洞察，有着某种天然的自觉。正如帕斯捷尔纳克在评价茨维塔耶娃时所说:"在虚伪做作的年代里,她发出了自己的声音。她是一位具有男人魂魄的女人。她与日常生活的搏斗给了她勇气和胆量。她奋力追求并最终达到了完美的纯净。"显然,我不是以此来要求当下女性的诗歌创作,而是说,真正的女性诗歌创作,应该找到爱与悲悯、日常与时尚、敏锐与黑暗的交汇点。

于汉语纵深处的马

——论汗漫的诗歌创作

一、还乡者

> 异乡人打马、乘车路过南阳盆地
> 总能听到、看到玉镯玉佩摇荡所形成的风声、天光
>
> ——《南阳》

2017年8月7日,我启程去西藏旅行。半月后,从高原折返故乡,途径南阳。我作为心系四海的异乡客,带着汗漫的《一卷星辰》,途经他的故乡。火车驶入南阳站,像是潜入一段历史。山川锦绣、三省通衢的千年小城,令人想起"躬耕于南阳,苟全性命于乱世,不求闻达于诸侯"的诸葛亮。而伏牛、桐柏、秦岭与汉江共围的坦荡平原,正是中原文化的发祥地。它所孕育的优秀诗人汗漫,既是勇敢的还乡者,又是汉语的操持者。他的写作是纯粹汉语和解构诗学的双重实践,带有浓重的抒情特色,具备独特的诗学价值。

时代产下的异乡人,时刻被现代生活冲蚀。对于涉世尚浅的青年来说,怀乡病近似无病。起初,我带着怀疑的态度,进入汗漫的诗歌。毕竟,写到他这般程度的诗人,多数都比较华丽,或曲致深幽,或平实自然,或悲悯大爱……而汗漫的创作视阈有些偏狭。最终,我获得了词语给予的信赖——汗

漫的诗,一定程度上打开了我的乡情缺口。"笼开一曲故乡音,归去来兮抱膝吟。"他创作于 2018 年的部分诗歌,回环于乡情纵深处,折射出都市生活的镜像。

> 多年后,在上海理发店的皮椅上
> 审视镜中河流般的反光
> 理发师在头顶忙碌修剪,像盖草房
> 但我头发灰白,早已丧失新麦秸的气息
>
> ——《盖草房的人》

2000 年,诗人从河南迁居上海,生活与创作都进入一种钟声浩荡的状态。在上海的生活近 20 年,其镜像中满是童年及故乡的回忆。"用我满身的皱纹作为一卷童年地图/谁能认出其中一条小路还乡。"这位赤诚的诗人,在《在夏夜冲洗》中提及父亲,幼时情形历历在目,"那被热爱的事物又怎能置我于死地"。爱是永恒的存在。即使时空隔离,那又何妨呢? 写母亲的诗,亦是记忆与现实交织,芳华与病痛共存。

"夫还乡者心务见家,不可以一步至也。"汪漫在乡情纵深处所捕获的意象,并非一目了然。他从 20 世纪 90 年代,就开始了原乡诗歌创作。定居上海后,时空与往事的阻隔,反倒让其心灵面貌越发清晰。在光阴的逼迫下,他用文字追溯乡情之源,并最终归为一种宿命。即使这宿命,带有反讽现实的虚无精神,但"倦游还乡"侧重的是还乡者对异乡生活和行旅漂泊的厌倦后的心理回归,而支撑这种心理回归的是时代对自由灵魂的胁迫。

> 为了缓解一个出走者、背离者的不安和焦虑
> 他在异乡反复赞美故乡。
> 在异地,搬动躯体、荣辱和冲动
> 却又以疑虑苛责的目光
> 审视周遭被快感所操纵的景象

——他是一个尖刻的家伙

——一枚鱼刺?

使异地喉咙般的街巷隐痛

产生酒吧霓虹灯一类的炎症?

——《为何在异地赞美故乡》

显然,汗漫不再是20世纪90年代的"乡土诗人""意象诗人"。他像狄兰·托马斯一样赞美自己的故乡,但不是忘情的赞美,而是将都市生活与生命情感融合,于"不安"和"焦虑"中,写出当代中国人的"乡愁"。诗人将自己比作"一枚脱离了幼年时光这条活泼大鱼的鱼刺",令人读后"如鲠在喉",隐约感到城乡变迁背景下还存在一些民生问题。

于是,他有一幅自画像:"我有一把木椅,四条腿假装保持草原立场。/我有地毯,像青草和马粪绵延无迹。/我有书桌和电脑,模仿山脉隆起,/废纸篓觉得自己像词语失足的深渊。/我有书房,四壁书柜像隔离带和边境线——"

此像中的虚设,可探出还乡者的心境与立场。"假装式""模仿式"的生活,让人们丧失生命的立场与尊严。现代生活与乡情记忆碰撞;喧嚣世态与孤独心灵融合,人们生活在兰波所描述的"喧嚣与幻想"中,并丧失了爱与抒情的能力。如此现实,赋予了汗漫还乡的意义,他有些偏执的抒情,正是一种深入的校对;他繁复的句法,恰是多维度追溯本质的路径。正如《我爱你》一诗中所阐释的"我的维度""爱的维度""你的维度",既广阔,又细致入微,彰显了解构诗学的本质。

二、解构诗学

法国德里达认为,解构即消解解构。这源自海德格尔的哲学概念,有分解、瓦解之意。解构就是揭露看似单纯、和谐的形而上学观念的内在矛盾、冲突、倒置、颠覆,推翻形而上的等级和秩序。

于此，绝非是为汗漫的诗歌创作寻找西方文艺理论做支撑。汗漫在《一卷星辰》中进行的东西方诗学比较，对汉诗的正名很有价值。对于一个追求汉语写作尊严的诗人来说，绝对不会跪倒在西方文艺理论之下。坦白地说，恢复汉语的光辉，是坚定文化自信的前提条件。

汗漫的诗歌创作，深入语言内部，具备十足的耐心。他不是雕虫人，而是对事物本身具备的诗意，进行解构。

在《午后的街道》一诗中，诗人从"总是汽车"写起，到"总是不安"结束，中间一连串的"总是"，是诗人对都市人精神状态的解构。如此焦灼，如此细节，暗藏诗人对世界的态度——"一个擅长用隐喻辨认世界的人/因暗疾的组织而沉默了。/握他的手，握得像句号、凉句号"。

汗漫擅长在沉默处停顿、冥想；在思绪打开时，语言深入展开。随"顿号"听，汗漫诗句中的词根碰撞，发出关节转换的鸣音。比如：静安宾馆，是安静的；江南，是缓慢的；散步，是步履与思虑的协奏……

> 前廊下，门童接过行李
> 拾阶而上，像陪伴客人到西班牙去。
> 他可能不知道洛尔迦的谣曲——
> 马在山间，船在海上。
> 宾馆在客愁里。每次路过
> 想起远方和友人，我的心就安静下来。
>
> ——《静安宾馆》

诚然，汗漫总深陷于日常物状的超然情理——他在诗中反复寄怀的"父亲"于1997年逝世。像是博尔赫斯所写的"雨中的父亲"，意象中的父亲，并未亡故，只是一次无意的走失，他永远活在诗人的作品中。凭就语言，建立一个消失的世界，正是诗文的妙用。汗漫的执着与固守，在于他并未开拓更广阔的写作领域，而是立足于某个点上，做掘深运动，层层刨去世俗的认知，呈现事物的本质状态。在他2018年创作的部分诗作中，《静安宾馆》的诗艺尤显成熟。"马在山间,船在海上/宾馆在客愁里。每次路过/想起远方和有人,我的心就安静下来。"这样的句子,是穿越时空的偶得。诗人立足"静安宾馆",思绪与"民国舞步""洛尔迦谣曲"共鸣,诗人发现并用词解构的是文化意义上的"静安宾馆",通过时空隧道的语言传输,令人可身临其境,又飘忽物外。

古希腊时期,柏拉图和亚里士多德奠定的"诗学"概念认为,诗歌不是处理感情、与自然的关系,而是把诗归为理性的一种能力。地理维度、叙事载体与意识解构形成有机生命组合,令汗漫的诗歌想象充沛、步履稳健、情韵铿锵。又因写作技术的深入运用,其诗的理性质地得到彰显。他擅长用"在场主义"表现自己对世界的观感,并乐此不疲地创作出大量的"记"体诗歌。

除部分山水游记外,汗漫的"记"体诗歌多数属于"人事记录"。诸如《搬家记》《春分日小记》《祭父记》《一个乳腺科大夫的手记》《一个针灸科大夫的手记》等。

> 那赤裸的胸或脊背,插满银针
> 像建筑物插满避雷针——
> 反对雷击,拒绝成为废墟。
> 银针与穴位之间的关系
> 类似于诗人必须把准确的句子
> 放在惊心动魄的位置。
>
> ——《一个针灸科大夫的手记》

虽然汗漫和他的妻子从事的工作和医学相关,但他们并非"乳腺科"或"针灸科"大夫。诗人在《妇科病区,或一种艺术》中记述了妻子作为病患,接受子宫肌瘤切除手术治疗的全过程。他以词语消解疼痛,以诗意缓解焦虑。文中提及阿米亥的训诫:诗人在疼痛中学会说话。当身体和内心出现苦难,一个人向语言求助,在语言组成的寺庙——诗——之内祈祷,点燃笔尖这一炷香,获得庇护和宁静。

正出于此,汗漫在一次次丧失、遗失、错失中寻找痛苦与爱的解构点。他消解了人间痛苦,用词语慰藉创伤。他的诗,向生命的祷告,找到了世间最"准确的句子",并像一位出色的针灸科大夫一样,放在精神病患的"穴位"上;而对于一些拙劣炫技的部分,他则选择直接切除,直取本质。

索绪尔认为,语言是一个差别性和区别性的系统。避开"经验主义"的表达,是好诗人写出好诗句的必由之路。汗漫在文学创作上的建树源于他对日常生活的珍视以及他深厚的中原文化底蕴。他企图去除散文和诗歌的芥蒂,让文字回归诗意、准确,并对已知现象进行现代阐释,以延续其文化生命。

三、修辞幻象

评论家耿占春认为:"汗漫的想象力指向某种古朴的经验。在他的修辞学梦想中,死亡可以变成新婚,哀痛可以化为祝福。在《早春,为祖父祖母合墓》中,棺材变成了'船',死亡之躯在修辞幻象中变成了'莲子'。没有想象力,我们就会失去梦想,是梦想使我们得以转换难以承受的经验。汗漫,以诗人的想象力和修辞幻象,维系着更真切的爱。"

汗漫诗歌的想象力,并非天马行空,他的准确与浪漫建立在现象透视之中。近年来,汗漫的创作精力主要集中在散文上,并凭借《一卷星辰》《南方云集》《居于幽暗之地》获得赞誉。当我读完前两部作品时,我明显觉察那些散文之神源自诗歌,其语言的表现力和对比参照的维度都彰显了诗性光辉。我认为,汗漫的本质是诗人,其散文中开阔、浩大、自由的精神,又辉映其诗歌。无论东西方诗歌的比较,还是诗人地理、学识维度的建构,都驱使着他的创作接近更为博大的气象。在形散神聚的语言转换中,汗漫的文字拥有了简朴而陌生的力量。

瓦檐薄嘴唇,淅淅沥沥
叙述一部南方秘史。

我不懂。青蛙扑通扑通跃动于池塘
像戏剧情节转折处的几声锣鼓
让往事和幽灵为之一振——

我有没有资格成为其中一滴雨、
一个词？流年急景。
雨初歇,水路宽——
鱼群将在天黑前抵达下游某朵落花
转世而成的灯火。

——《南方山雨》

　　于汗漫诗中寻找修辞幻象,俯拾皆是。诗人将无穷大的想象与极细微的事物融合,产生了令人陌生的张力。汗漫的作品中,南方是一个宏大而湿润的空间概念。他的组诗《江南引》,将诗意的南方融入一草一木。《南方山雨》一诗,以"瓦檐薄嘴唇"开篇,语面极为陌生。细细推敲,却有味道。有过乡村生活经验的人,雨天看瓦檐滴水,冬日看瓦檐冻结冰凌,应懂得"薄嘴唇"的形象。"南方秘史"则超然想象,让人超脱于描写现实之外。青蛙的"扑通"声,让诗歌的语言产生了"听觉"效应。在《南方山雨》中,诗人回归内心,找到一位失落于雨声中的游荡之魂,正印证了诗人自己的那句话:"身体流亡,有助于精神的跨界。"

　　毫无疑问,汗漫擅长修辞,并制造相应的幻象。读其诗,可感内部结构的曲直与疏朗,常有一些惊人之处,并非繁复,而是建立在二元论的基础上的比照。如果你要阐释其语言的精妙之处,必须寻找到合理的参照物,并进行对比。汗漫就是将纯正的古典汉语与系统的西方诗歌理论比对融合,从而建立起自己的诗歌美学的。

　　2016年冬,汗漫在美国旅行,创作了组诗《冬日美国札记》等诗歌,记述了自己在美国的见闻所感。他像是一个彻头彻尾的异乡人,在儿子的防护下游历美国。在地铁车站,他不由地想起庞德的名诗:"在人群中这些面孔幽灵般显现，湿漉漉的黑色枝条上的许多花瓣。"继而联系中国文化，进一步写成《地铁车站，致庞德》："你爱唐代中国，把李白的长衫翻译为西装/裹紧沉醉和惆怅，就是裹紧春风和月光/意就是象。"一语道破庞德诗歌的精粹——意就是象。王弼的"言生于象，象生于语"，《易经》中的"修辞立其诚"，孔夫子的"巧言"与"美言"，大抵说的就是如此。

又如《蒙顿街44号，致布罗茨基》，诗人寻访蒙顿街44号，他想到的更多是"苏州园林"。"请允许一个苏州小园林，向你黑暗中的旧居/归还一笔尖中国的灯火和月色……"诗人把自己的创作喻为"苏州小园林"，异常贴切——胸中丘壑、假山池沼、亭台轩榭，隔而未隔，界而未界，象由意出；而布罗茨基的旧居，则承载着《论悲伤与理智》《小于一》的知性，更带有即景观感的感性。诗人与布罗茨基一样，找到了文学创作的要诀——"坚持冬天般的诚实"。

诗人能将一些对峙之思融注在语言中，以求索接近并反制世俗。"在世俗生活中反抗庸俗，以脱俗的文字引导还俗的身体，有助于使语言保持诚意和张力。"

四、汉语容器

汗漫说："在汉语中，就是在人间。"他的诗歌带有明显的汉语立场。被利玛窦称为"万能的象形结构"的汉字，背后隐藏着一个极为庞大的象征体系。汉语在音节、结构、语法、词汇、象形、修辞等方面有着源远流长的优势。新诗百年以来，中国现代诗歌受西方诗歌影响甚大，当代汉诗的翻译腔也过于严重，如何找到当代汉诗的着力点，恢复汉语的光辉，迫在眉睫。

范尼洛萨说，汉诗的思维能将最大量的意义压进一个句子，使它孕育，充电，自内发光。

汗漫在博览群书之后，坚定地选择用汉字和中国人的思维方式写诗，真正做到了感时应物、物我相通。汗漫创作的黄河之诗、中原之诗、南方之诗、节气之诗、乡情之诗，都带有典型的汉族特色。

他反复"向光阴和汉语致敬","让汉字,穿过火焰与河水"。在《零下七度,北海公园游记》中,他将湖面比作"镜子",将"溜冰者"比作"掩饰镜中瑕疵"的手,无限贴近眼见之实景。同时,他不局限于实景的异化,而将思绪延伸到记忆和文化,得出"沉默是合适的告别辞/我必须节约汉语中的悲哀"。

2016 年 11 月 30 日,中国的二十四节气正式列入非物质文化遗产代表名录。二十四节气是中国农耕文明的古老智慧,自古以来有无数诗人为之吟咏。汗漫的部分诗作,受到司空图创作的《二十四诗品》影响,传承了"感时应物"的诗学智慧。

> 绿意重,燕归迟,暮年寂。
> 想想女人假睫毛上的光芒
> 读读寒山、陆游,翻翻账单、广告词。
> 经句无日不雨,哗啦啦或淅沥沥
> 于植物生发意义,于我则是反讽——
> 书桌如小平原,充满干旱歉收的危险。
>
> 万物众生都将被新月之镰收割——
> 我比麦和稻缺乏被回味、被爱的能力?
> 因为闪电、雷霆的照临与启示
> 比较稀薄;因为我双足
> 长久脱离了与泥土和地平线的关系。
> 芒种后无日不雨,敦促我和稻秧插入大地……
>
> ——《芒种后无日不雨偶得数句》

这是勤劳者的"自我催促",是写作者焦灼状态的呈现。忙碌的生活遮蔽了内心的风景,扼杀了创作欲望。芒种,在雨量充沛的南方,诗人无时无刻不在提醒自己,"耕读传家"的传统不能被遗忘。

《春分日小记》和《秋分日过河》形成回环呼应。"春分日,在一张废合同背面写下的句子/像微弱的水声,向一次青春,若干分别致歉致敬。"到了秋分日,诗人仍没有找到现实的凭靠,"必须假装还能原路返回旧生活",以力求返归内心的悲欢。

纵观汗漫的诗路,创作于1998年的《水之书:黄河》具有一定的代表性。那段时间,痛失亲人的苦楚激发了诗人表达的欲望——1997年12月12日,父亲因脑溢血突然去世,终年60岁;1998年4月,祖父去世,与去世多年的祖母合墓。他将磅礴的生命之势、母语之力、黄河之象融成"泥沙俱下"的诗篇,可谓当代汉诗中不可多得的长诗佳作。

《水之书:黄河》的发表与获奖,于外为汗漫带来了声誉,于内建立了其汉语写作的坐标。当时,评论家杨吉哲、葛一敏、杨远宏、耿占春、叶橹、燎原等都给予该诗高度评价。

其中,燎原如是说:"汗漫以汉赋排律式的诗歌长行,呈现着一种在当代诗坛消失已久的大道阔步的气质。在以非主流写作为主的现今,汗漫这种原本主流性的写作,反倒成为边缘化的品种。……在汗漫以'祖国——祖先的国度'这种情怀的观照中,结集在他胸中的,是以《汉乐府》所象征着的家国式的堂皇、大度与硬朗以及来自中原大地的由稼穑、歌谣所汇聚的地气。这因而洋溢了乡间士子式的充沛与浩荡,并以此纵驰在地理与人民组合的大野景色中。这种歌咏性的写作更像是一种呼唤——唤回并确认现今平庸的土地,与曾经由它造就的灿烂文化之间的血脉联系,使大地上的物质性的劳碌,恢复《汉乐府》时代的诗意与健壮。"索引这一大段,只因燎原对汗漫的解读和评价非常准确。十多年过去了,汗漫呼唤更为纯正的汉语写作,他的诗歌长行即使失去了黄河奔流的放荡,但饱满依旧,他用每一个词纵深到事物的内部,以说出别人所未说出的真相。

五、马,向往心灵转化

自1991年,汗漫在《绿风》上发表了两首《与马相关》之后,他似乎特别钟情于"马"这种剽悍、俊美、带有自由精神的动物。据统计,单"马"字,在汗漫的精选诗歌集中就出现了 311 次之多,而以马作为主要意象的诗歌,则集中于组诗《伊犁谣曲》《马匹穿过的诗篇》。

在诗人看来,天地之间一匹马,它的写意包括风、云、山、河……而一个人的目的,就是匀速地通往墓地,最终转化成为一片牧地,几声牧笛。他曾经在南方的梅雨季节,想起几首与马相关的诗歌。现代都市生活中,马有世俗的面向——"在上海爱一匹马,多么虚幻——/宝马、人头马、爱马仕、马董事长……/与马的关系多么可疑。/没有草原的人爱一匹马,多么伤感"。而在《伊犁谣曲》中,诗人像一个维吾尔族老人一样眺望马场,看夏季牧场如何幻变成冬季牧场。在安静的伊犁,诗人移居天空,在新月、繁星间生活,他尝试用十三种方式观察伊犁的马。其实汗漫笔下的马,又何止十三种情态呢?

> 多次写到马——雨中的马、黄昏的马、
> 河边饮水的马、马头琴上的马、
> 布景为草原的马戏团里的马、
> 骨骼像排比句一样汹涌向前的马——
> 一切的马,带来风、宽阔、激动……
>
> ——《一匹马或属马的女子》

他多次写到马,并由马展开外延——马灯、马车、宝马、爱马仕、黑走马、江南马(灿烂的大)、属马的女子、雨中的马、黄昏中的马,等等。

在汗漫的诗歌中,马作为典型意象,被寄寓了心灵转化的思想内涵。像庄子的"抟扶摇而上者九万里"的鲲鹏,如海子的"以梦为马",汗漫用一体化的意象展现自己独立的写作追求,并传承了中国传统文化的内在精神。正所谓"圣人立象以尽意",汗漫撷取的意象,指向心灵写意。《易经》有言:"坤,元亨。利牝马之贞。"刚柔并济,简繁有道,正是汗漫诗歌的张力所在。他钟情的马意象,既蕴涵道德内涵,指向温厚、勤勉、踏实、笃定,又涵盖天地之大德及化生万物、生生不息、蓬勃向上的生命力。

借汗漫创造的"一匹马",溯黄河之水,回到中原大地,追寻他心中的回忆编码,我们可以找到其诗歌坐标系中的地理和情感的位置。虽然,凭借我浅薄的见识与经验,尚不能精准定位他的写作。但我相信:汗漫是一个有鲜明立场、伟大追求的写作者(此非虚言。我认为每一位写作者都应该朝向伟大这一终极目标),他对汉语葆有的温情和敬意,将驱使他创作出更为精微的汉诗。

远观近看，诗还是幸福的样子
——论许春夏的诗歌近作

感受即命名，谦逊又狂妄的诗人，总企图用诗意构筑专属时空。作为诗人的许春夏，远观世事，近看人心，用诗语为微事物命名。不仅如此，他强调事物的自然属性，他向往飞鸟自在、自由的幸福；他渴望过着本质通透的一生，肉身轻盈，如注甘泉，光芒如善。

倾听他的诗心，那是故乡红木典雅气质的回音，是江南好湖山的馈赠，亦是大半生体悟后的人生赤诚。

许春夏，浙江东阳人，浙江师范大学中文系科班出身。其诗典雅、干净、节制、平近，没有虚无高蹈的大词写意，亦无黑暗灵魂的痛苦纠缠，却有丰富的生活细节和抵近湖山的人生妙悟。读其诗，可感风骨如竹、风度如翩跹野鹤。

泰戈尔在《流萤集》中说："天空中没有鸟的痕迹，但我已飞过。"萦绕于诗人许春夏脑海的仍是故乡的草木与人心。于此，可以阐明其笔下故乡的两层意味：其一为载着家族记忆的故土，其二是诗人许春夏的阅读经验。正如诗语"祖父在铲除庄稼地杂草时/他说，他听到了/二十里外我在学校里的读书声"（《朗诵》），出于寻求内心的真实的目的，许春夏在许多诗歌中都表达出对故乡的眷恋之情。

> 我的喜悦与悲伤，都是因为

故乡到处都种着蜜梨，这些大地的恩典
我累时，它们还提心吊胆

我的喜欢与摒弃，也是因为蜜梨
灵魂总在风雨中摇晃，而每天
又必须给自己一个开心的理由

害怕腐烂，我一次次把它描绘成
故乡耳朵的佩玉。新生，老去
它好像没有性别，只迷恋秋风的心跳

否则我会好好地啃它，一千次
都会有一万次亲吻的热烈
不会像今日，滋补还需攀上燕窝

我可以找出千万个理由
原谅山村的无情，跳着去摘
也是为了快乐地一次次触碰到心

——《蜜梨》

    蜜梨是心感幸福的写意，与飞鸟、祖父、母亲、草木共情。那些目睹的曾经，如今一想起，美好就填满心房，也正因为那时空中的存在，我们才成为了现在的模样。《蜜梨》的超脱之处，不仅在于故乡情愫，而且有曲笔妙悟。"我累时，它们还提心吊胆"，这是换位共情的曲笔，如"仍怜故乡水，万里送行舟"；"害怕腐烂，我一次次把它描绘成/故乡耳朵的佩玉。新生，老去"，人行于世的苍凉与故乡回忆的珍贵，产生强烈的对冲，增进了诗意；"否则我会好好地啃它，一千次/都会有一万次亲吻的热烈"，说千道万，还是故乡的节奏让人安魂！诗人的热吻，毫无保留地献给了故乡。

诗人与母亲同登画狮岩,感怀"快一辈子了/好像就做了这一件事/叫我不要动不动插队"(《登画狮岩感怀》);诗人在异乡的长凳上看老人呼哧安睡,顿悟"像是吹着一枚贝壳/多像我的父亲啊"(《贝壳》);诗人诗写并朗诵的句子,仿佛"已经系着家乡的一草一木/懂得天天向星辰致敬"(《朗诵》)。诗人许春夏忠诚于自己的故园,以广泛阅读唯美诗篇为支撑,汲取中西方文学抒情写意、深度意象的传统,融自然社会、人生体验于善于表达心曲的妙笔,及物象、写生命,或浅或深地道出了人生哲理,表现出一种清新明快、耐人寻味的风格。

诗人许春夏执着地向内求索生命的本质,这决定了他诗歌静谧而婉约的抒情特质。诗歌作为主情的文学体裁,与人品息息相关。人们习惯将写诗的人唤作"诗人",而非"诗家",诗歌与作者性情的结合几乎没有罅隙。由此,古老而现代的城市杭州成为诗人安居的栖息地,他毫不忌讳地将求真向美的美学追求融入诗歌中,融入他工作生活的点滴思考中。他说:"大半生最美好的事/就是成了湖畔的一株梧桐树。"(《新湖畔》)2018 年 5 月,他主编了《新湖畔诗选:大半生最美好的事》,其中多数诗歌都围绕着西子湖畔的事物展开。正所谓"文章合为时而著,歌诗合为事而作",许春夏的对美好事物的热忱,是他热爱生命的表征,更是他对中国传统文化中的"山水怡情"的承续。诗人并不夸大诗歌的教化功能和社会效应,而是注重本质抒怀和修养身心。他创作的"新湖畔"诗作,多即物起兴、格物致理,让人读来舒适惬意、妙趣横生,如饮龙井茶,如看远山象卧、湖水泛清波。

今天的灵隐美得刚好
雪压没了荆草,人声稀少
檐头一根根白烛倒挂着
在暗示另一种哺育,或燃烧
大树头顶时有雪块滑落
像是好运天降
本质却是演出悲欢交集

我走在暖阳中

想起这是个大殿诵经的时光

而感悟不断。没有丁点暧昧

只有佛谕的光亮

像香火在轻风里摇曳

发出了内心轻轻的呼唤

这种虚幻以前有，现在更多

但已有了几分真实

大雪压住了浮尘，却没冻住鸟声

更没挡住一条欢欣的小溪入城

——《灵隐美得刚好》

　　无论《画外桐坞》《虎跑喝茶有感》，还是《新湖畔》《灵隐美得刚好》，都源自诗人切身的体验。他不苟同于一般意义的西湖美，每一首都带着"我"的主题感受。这种物我交融的写法，让诗歌更接地气，更贴近读者。或者可以说，写诗，主体的在场，不仅是连贯分行的运笔需要，也便于主客体相遇，读者可以通过代入法掌握诗歌的思路与语言的运用。比如，诗人所见的美得刚好的灵隐寺，一定是有别于"商人求财，夫妻求子，病人求安"的神居所，恰恰是"大雪压住了浮尘，却没冻住鸟声/更没有挡住一条欢欣的小溪入城"的静谧之地。其中，就融注了诗人的价值选择，与其同道之人，必然可感娴静与欢欣。

　　当然，将日常事务转化成别致诗意，需要诗人敏锐的洞察力以及对世事的领悟力。生活不一定有哲学，但领悟之，定能发现其中奥秘。诗人许春夏深谙其道，并擅长运用虚实笔法，步步为营，推进诗意。在桐坞，"茶叶篷，一行一行/我首先有了弹钢琴的冲动/游步道，一曲一折/我又像一个音符在跳跃"（《画外桐坞》），诗人除了写出所见之景之外，更配有灵活的思维活动，"弹钢琴的冲动"是辅助描绘"一垄一垄"情境的虚笔，而"曲径通幽"又让自已如音符跳跃,其肉身完全羽化,可大可小,可出可入。如此轻盈,大抵只有诗歌的语言能做得到。细读许春夏的诗歌,如此举重若轻、婉转曲直之笔,俯拾皆是。《虎跑喝茶有感》中,"每次虎跑喝茶/都会想到弘一出家/一片茶叶引起的耿耿于怀/让灌进肚子的一杯杯热水/只唤回素淡/没唤回柔美",从本质上说,许春夏在虎跑饮茶与弘一出家不相干,但在西湖文化中,弘一看破红尘,出家于虎跑寺,是对生命的一次凝视;许春夏饮下的杯杯热茶,定能洗却心中尘埃,保持素淡,亦是凝视生命的一次表态。

严羽沧浪有云:"诗有别才,非关学也;诗有别趣,非关理也。"尤其是现代诗的写作,渊博的学理不一定能堆砌好诗,对表象的重新认知和命名,至关重要。作为诗人,不仅要发现生活中他人所未见的东西,还要用比较陌生化的语言表达出来,以求得诗之别趣。在这一点上,许春夏总能拿捏得恰到好处。他的诗,有一些日常部分,便于读者代入;有一些陌生的语面,要求读者"路转溪桥忽见"。整体来说,许春夏拥有一颗积极向上的草木心,他渴望阳光雨露,反对那些耸人听闻的强光照明。恰如《光芒》一诗的写意:"天上出现万丈光芒。散步的人/顿觉脸上都有光。闪电不是来制造/骇人听闻,是酝酿着喜剧总动员/我从心里翻出小学时的课本/有一句大白话:跟着太阳走,这是多么正确的事情。"大多数诗人,都会认定今生写诗是一件正确的事,视诗歌为本心的幸福,视诗歌为尘俗中所向太阳。许春夏企图用诗歌救赎自己的心灵并捕获人间幸福。别看当下,社会趋同,总有一些人渴望能冲破黑暗,朝着飞鸟自由奔跑,朝着永恒曼妙生长。

祖父藏稻谷的地方
我藏起了诗歌,一首又一首
谢绝了白云的发表
我相信诗句也会发酵
一条小溪,一缕阳光,这些我的好

如果有一天

故居老去，只剩下残垣断壁

这些诗句碎成米粒

又会星星入海

或是荧石闪闪，把山谷照亮

——《我的诗歌》

诗人反复在诗歌中提到"祖父"——基因中的诗性，正昭示了所有人的生命之源——记忆。《我的诗歌》一定程度上反映了作者的诗观。"祖父藏谷"之地，"我"用来藏诗，物质与精神世界的转承，可见诗人"视诗歌为生命"。诗人向自然草木和精神世界示好，并固执地认为，"诗句也会发酵"，生长的诗意是对抗虚无生命和时空的最佳选择。

诗人反复在诗中提及"光芒"，而光芒的本质就是热爱。"雨后初霁/天空垂下根须//这是些善的念头啊/断桥无数花伞浮游//这初秋的莲叶/湖上更多//它撑着/飞鸟的幸福/和光芒的本质。"或许，世事真的就这么简单，爱你所爱，此起彼伏的思绪，撑起了自由自在的生命。《湖畔居喝茶》之所以通透，源于诗人爱得透彻，悟得豁然。雨后初霁，阳光万丈；远观世事，花伞浮沉；唯有善念，盈满人间。

诗人反复琢磨的，其实只有一件事——如何捕获尘世的幸福？读其诗，可找到答案。比如读到"我淤泥色的面容/正适合我做个老实人/看风在阅读无数经卷/荣辱无人惊动"或者"看雨在玻璃上跳动/我却窗明几净/那刻我最好的颂词"后，你也会宠辱不惊、窗明几净、幸福感爆棚。

最后，诗人正在以诗素描：祖父、母亲、梧桐树、龙井茶、飞鸟、光芒、西湖、一张微笑且平和的脸……一切遇见，都在诗中自然生成。

异域经验，或待完成的测绘诗学
——论蔡天新的"域外诗丛"

一

15 岁上大学，24 岁获得博士学位，31 岁成为数学教授，33 岁成为"东方之子"……这是《一个奇才的历程——浙江大学数学教授、诗人、旅行家蔡天新访谈录》中的人物年谱片段。

2019 年世界读书日前夕，我与"教师夜读会"中的王净、汪明、加兵三人相约，前往嘉兴市图书馆聆听蔡天新教授的讲座，内心崇敬又惶惑（生怕这个数学家会讲到专业数论，而我一窍不通）。事实上，奇才蔡天新的讲座异常接地气，图文并茂，深入浅出，妙趣横生。在现场，我买下了他的三本著作——《我的大学》《美好的午餐》《日内瓦湖》。

读他的传记《我的大学》，我只花费了一天时间，浮光掠影地了解了奇才之"奇"——全能型"运动员"；读后面的两本诗集，我则断断续续读了一个月，隐约感知蔡天新的"才情"，应由其诗歌支撑。因为蔡天新的诗歌，令我有触电之感，恰如沃伦对好诗的论述："一首诗读罢，如果你不是直到脚趾都有感受的话，那不是一首好诗。不过，它也需要一个知道如何使浑身有感受的人来读。"我不认为所有的好诗都是闪电，但认同所有的好诗必须有一定的电量。蔡天新的诗歌，从视觉和听觉上满足了我的审美。2014 年夏，诗人出版了《美好的午餐》;2017 年 8 月,"域外诗丛"第二卷《日内瓦湖》,正式出版。前者由长江文艺出版社打造,以在美洲羁旅生活为背景;后者是浙江大学出版社出版的,以欧洲游历为诗写对象。诗人在后记中均提到"域外诗丛"五卷本的概念,既是蔡天新异域经验的呈现,也是其测绘诗学的实践。

站在汉语书写者的角度看,中国文化孕育出来的诗人能成为数学家,令人惊诧。所谓的文理兼修、学以致用,何其难?蔡天新却似乎打通了任督二脉,正不断地通过写作与旅行,打开自己,拓宽视野。从诗坛认知角度看,数学家的身份,遮蔽了其诗学的光芒(审视者难以想象这种悖逆的逻辑);旅行家的见识,遮蔽了其语言的光彩(创作者异域经验的陌生化效果)。但毫无疑问,当代汉诗因蔡天新的存在,而拉近了和世界诗歌的距离。他曾获得贝鲁特纳吉·阿曼诗歌奖和达卡国际诗歌节 Kathak 文学奖,多本诗集被译成外文。最为重要的是:他在承继汉诗的抒情言志传统后,又兼及写实,且改变了以"人"为主体的审美向度,建立了"世界为本、人情融注"的唯物诗观。

在中国传统文学中,小说偏向写实,诗歌则是注重抒情。正如一些千古绝唱之诗,多数突出意蕴,而忽视写景状物。限于诗歌的传统,中国当代汉诗与西方现代诗存在一定程度的隔阂。无须比对当代汉诗与西方现代诗歌成就的高下,它们不构成对立关系,而是彼此融合又互相排斥的两条河。但就五四运动之后,当代汉诗发展的百年历程来看,当下的部分汉诗创作技巧,深受西方现代诗歌的影响。当代中国诗人从中学到了中国文化中最缺乏的理性与日常。由此,长驱直入的士大夫的天人感性与自然萌生的古典诗意多了几分冷静与克制。自然而然,有语言自觉的诗人,正不断完成诗学上的修正与变革。

蔡天新具有相当敏锐的语言直觉、纯粹且傲娇的赤子视角和广博的知识见闻。诗歌、数学与旅行的互相砥砺,构成了有序而坚固的壁垒,并企图实现自我生命的诠释与世界文化地图的测绘。不著书立论,浪费了他的语言禀赋;不研究数论,难以彰显他的逻辑思维;不旅行,难以满足其好奇心与想象力。唯有诗歌,是一个综合体:古老、先进、简练、智慧、自由、假设。它是自我的,亦是世界的。

　　自诗人在山东大学宿舍前的梧桐树下与缪斯相遇的一刻起,蔡天新的诗路辗转近 40 年。在《我的大学》中叙述的场景与诗意,显然带有鲜明的"荷尔蒙"气息,随之而来的是 20 世纪 80 年代"诗歌浪潮"的影响,佐以山东大学的"文史"特色,这位数学家成为诗人,大抵是"偶然中的必然"。

<h2 style="text-align:center">二</h2>

　　诗人,需要感性,但单纯的感性,难以成就好诗人;好诗人,更需要理性,因为诗歌必须进入语言的内部。作为汉语的诗写者,应充分发挥汉字"形声多义"的特点,力求让词语呈现诗人在旅行中的所见所闻所感,且尽力做到音顿和谐和音韵饱满。试读《美好的午餐》的第一首,题为"序曲",可视为诗人的写作倾向。

　　隔海相望的"暖和、新奇的冬天",奠定了距离审美的情感基调及意境索求的参照;"那些散落在沙砾中的贝母/时间之邃脱漏出来的谷粒",意匠运用,诗味顿起,诗萃时光,日常珍贵;"演奏竖琴的少女米蒂莉尔",她的激情竟能"催生她的乳汁",此情此景,并非虚设,诗之妙用,尽在言尽物非之时;"诗是掺和了记忆的一个个圈套/等待为之怦然心动的人和事物",诗化的声光面影,被思想的光芒照彻,涵盖于"记忆圈套"和"怦然心动"之中。

　　　　一切都遥远,没有归途
　　　　夜晚不过是另一个白天

　　　　发明了音乐和做诗的俄耳浦斯
　　　　质朴、清癯,圣婴一样年轻

　　　　凭什么美必须被荒废?
　　　　凭什么美只能淹没在生活之中?

她欠身,移步脱开了他

　　那从未逝去的突然逝去

——《序曲·第三节》

　　从创作时间的跨度来看,两本诗集都有 20 余年。诗人从青年写到中年,步履矫健,并日益稳健。其诗歌中的异域经验,难以遮蔽抒情本质。"夜晚不过是另一个白天",于诗中,时空具有恒定性,它们与人的意识互为参照。诗人要做的,是以赤子之心感受生活中的美,以发现、挽留那些瞬时消逝的事物。不难看出,蔡天新早期的诗歌美学符合中国文学审美观,以抒情为主,印证了刘勰在《文心雕龙·明诗》中所言:"人禀七情,应物斯感,感物吟志,莫非自然。"他倾向于"情以物兴,物以情观"。因为摒弃了写诗的功利心,蔡天新的诗歌创作显得质朴且整齐。比如说诗歌的外在形式,先前,他喜欢用双行诗写作,有点类似二元一次方程组,后来,他写的诗歌多数为偶数行,或 3 行一组,或 4 行一节,但最终都稳定在 8、12、16 行。写诗,如呼吸,其节奏源自诗人内在的抒情意蕴。于此,我大胆猜测蔡天新的写诗习惯:他旅行时,随身携带一本便携笔记本,一页 20 行左右,想到什么就记下来。这是诗行的外在限制,无形之中,也形成了蔡天新诗歌的音顿。比如,"发明了音乐和做诗的俄耳浦斯/质朴、清癯、圣婴一样年轻",两行诗,基本三处停顿:音乐、俄耳浦斯、年轻。而其他行数的诗歌,同样有着较为相似的音顿;从偶数行的结构来看,蔡天新的诗歌具有明显音韵饱满的特点,其诗基本上符合前凸后围的特点,常将知识与体验、画面与声音、情景与节奏相融。又如《诗人的心》:"一片些微的亮光突然/在乌云密布的天空出现/给湖水添加了一丝蓝色//诗人的心也理应如此/拨开忧愁的迷雾之后/在黑暗中打开一扇窗子",两组三行的诗句构成了音韵上的回环,达成自然与人心的类比。"蓝色""突然""出现"于"乌云密布的天空",如此音顿,恰好印证"诗思之窗乍现"的豁然明亮。

　　毋庸置疑,倘若一个现代诗人,只停留在描写见闻的状态或修辞上,那么显然是不够诗意的。在形式、音顿、音韵的整饬背后,是蔡天新的现代诗歌创作在追求词语内部的共生。他将传统汉诗的抒情观、宋代诗歌的议论法以及西方诗歌的认识论结合,形成可视、可听、可感的诗歌风格。

当人们在那些被歌唱的棕榈下漫步
珍珠的草皮上初放着番红花

一只白嘴鸦掠过灰蒙蒙的天空
我在奥利弗大街的一家餐馆用餐

一个穿法兰绒裤子的人曳足而行
持续的细雨溅湿了她的无带低跟鞋

我吃着热小松饼和圆脆饼
从一扇窗子里看到了海景

——《美好的午餐》

此诗写于 1994 年 3 月,当时诗人正在加利福尼亚奥利弗大街的一家餐馆用餐。他用隔窗观景的方式,记录了当时景与情。"被歌唱的棕榈树"以及"初放的番红花",呈现异域风景的新奇;"法兰绒裤子""无带低跟鞋",正是诗人模仿生活的结果——以细微的观察为基础,以诗意萃取为目标的绘画式呈现,是蔡天新异域经验再现的基本方式;作为诗歌的出发点,"我吃着热小松饼和圆脆饼/从一扇窗子里看到了海景"——诗人本体就是打开世界的通道,借此,我们看到更多的风景。

"学数学的就是要走遍世界。"哈尔莫斯如是说。"没有表达力的智慧不是智慧。"梅洛·庞蒂如是说。对于蔡天新来说,写诗并非刻意为之,走遍世界,也并非终极目标。他享受着异域的、漂泊的、猎奇的、片刻的宁静生活,以及这种状态所带来的生命触感及智慧表达。

三

无疑,蔡天新在当代中国诗坛是一个异数。数学家的理性与旅行家的感性,传统文化的积淀与世界文明的冲击,安于日常生活又穷极异域经验,令其诗歌特色鲜明。

在一个访谈中,他被问及"诗坛地位"。他笑答:"今天,诗人之间的交往耗费了太多的精力,而这主要是对提升他们的知名度有好处,对此我表示遗憾。"

作为山东大学的少年大学生,蔡天新虽不能说名噪一时,但他的诗名也是早已有之。只是,他没有过多地参与当代汉诗的口语化的变革,没有为了诗名而去博弈。他做得更多的是打开自己,面对世界诗坛,以包容性、现代性和精细化为目标,不断编译西方经典现代诗。其编选的《现代诗110首》(红蓝卷),较为系统地介绍了现代诗名作,并附有名家的精简评论;他完成了传记作品《北方、南方:与伊丽莎白·毕肖普同行》,深入研究毕肖普诗歌地图绘制的美学。

耳闻不如亲历,20余年来,蔡天新应邀出席5大洲30多个诗歌节,在纽约、巴黎、剑桥、洛杉矶、法兰克福、斯特拉斯堡、墨西哥城、利马、内罗毕、科托努、乞力马扎罗、维杰比森西奥登等城市举办过个人朗诵会。并非说"墙外开花,墙内香",而是说蔡天新在诗歌创作领域所开拓的异域经验,独树一帜。

> 单薄的躯体倚着教堂的墙壁
> 与牧师的方桌和床笫持平
> 悬浮在百余米高的山顶上
>
> 大块头的科尔总理曾来拜谒
> 留下一个潦草的签名作为纪念

被太阳的光芒逐渐晒干变瘦

你的侧翼躺着五位年轻的信徒
他们的身份和种族各不相同
我的记忆只留给其中的一位

不知道她是否美貌如你的女友
也不知道她是否喜爱你的诗歌
——她在你死去的那年出生

——《写在里尔克墓前》

正如诗人在《因果》中所问,"我们小小的心灵为何需要闪电?"在单调的生活中,人们总是渴望着有新奇的事物出现。酷爱旅行的蔡天新说,每年他都会有一些机会去国外,或访学,或旅游,或参加诗歌节,或参加数学会议。他对异域经验的摄取,像患上了坦塔罗斯的焦渴症。他不断地拓展精神世界的疆域,并以诗意记录旅行中的奇妙体验。《写在里尔克墓前》一诗,不仅完成了一次通俗意义上的墓地拜谒,更是对富有神秘气息的里尔克的一次猜想。对于 20 世纪 90 年代前后倾力写作的诗人来说,里尔克的影响是不可回避的。这位带有浓重宗教情怀的诗人,其墓地就"悬浮"在山上的教堂之中,墓志铭为:"玫瑰,啊,纯粹的矛盾,乐意/作无人的睡眠,在众多眼睑下。"比读之下,我们可以发现,里尔克偏爱的"玫瑰"与"纯粹",也是诸多诗人热衷的诗学名词。但细读之后,你可以发现,蔡天新对异域经验的重构,并不存在于知识炫耀。他更善于站在一个闯入者、异乡人的视角,对异域的人文、自然景观进行审视。诗人曾在随笔《译诗与音乐性:读里尔克和科恩诗集》中提及此诗的创作情境:"一座百米高的小山,大路直通顶上的小教堂。那会刚好正午,赤日的阳光直射下来。墓地并无特别之处,但我发现近旁有位女子,她刚好出生在诗人去世的 1926 年。正是这个发现,触动我当天写下一首诗。"由此可知,蔡天新对异域风景的解构多源于真实体验,从本体出发,尊重唯物世界的本质,同时又以"我"观物,融汇了东西方诗学之审美。比如:诗人站在里尔克墓前冥想,并未涉及《杜伊诺哀歌》《致奥尔弗斯的十四行诗》等名作,而是写到德国前总理科尔的拜谒以及"五个信徒"等。但绽放于内心的"玫瑰",如大海的潮汐,日夜召唤着诗人。

无独有偶,"玫瑰"这一词根成为诗人精神生活的写意。当他以诗致敬毕达哥拉斯时,掷地有声地写下《数字与玫瑰》。

> 毕达哥拉斯在直角三角形的斜边上
> 弹拨乐曲,一边苦苦地构想着
> 那座水晶般透明的有理数迷宫
> 他的故乡在爱琴海的萨摩斯岛
> 从小就没有想要做水手,也没有被
> 萨洛尼卡城里的漂亮姑娘诱惑
> 数字成为他心中最珍重的玫瑰
> 那些绯红、橙黄或洁白的花朵
> 巧妙地装饰着无与伦比的头脑
> 敦促其写下著名的断言:万物皆数
> 佛罗伦萨的莱昂拉多曾设法凑近
> 把妩媚的小美人吉勒芙撂在一旁
> 终于因为体格的缘故半途而废
>
> ——《数字与玫瑰》

诗人曾说,他曾写过一本书,叫《数字与玫瑰》。在大家看来,数字或者数学是理性的,文学是感性的。有句广告词:"人生就是一场旅行。"我的理解是既感性又理性的生活——带着数字与玫瑰旅行。这一席话,解释了蔡天新创作的野心——理性地测绘世界,真实地评判内心。他有过绘制人生旅途、构建自我生命体系的愿景,并持之以恒地为之"出走""回归"。《数字与玫瑰》是给希腊数学家、哲学家毕达哥拉斯的献诗。毕达哥拉斯出生于爱琴海中的萨摩斯岛的贵族家庭,自幼聪明好学,曾在名师门下学习几何学、自然科学和哲学。因为向往东方的智慧,他经过万水千山,游历了当时世界上两个文化水准极高的文明古国巴比伦和印度,吸收了美索不达米亚文明和印度文明的文化。当然,面对这样的一位伟大人物,蔡天新仍是主张还原其"血肉"。即使"三角形斜边"上有琴声、"有理数迷宫"深不可测,但他仍有七情六欲以及自己对世界的构想。或许,诗人在写毕达哥拉斯时,也就是在诉说自己。

四

再循其本,蔡天新的数学家身份,究竟会不会限制其诗歌创作?对于诗人本身,只需看到风格的局限性,或称独创性。同时,其由异域经验与测绘诗学组合的"玫瑰"图景,是当代诗坛不可忽视的存在。在全球化语境下,当代汉诗不能复古、自语、治愈,原地踏步,我们需要向世界宣告汉语的光辉,拓宽汉语诗歌的美学疆域。

这值得所有操汉语的写作者为之努力,由完成自己的修行开始,到语言阐释为止。显然,蔡天新的测绘诗学,有待进一步完成。依我看,诗人永怀一颗出走的心,以美丽的西子湖畔为托身之处,不断地对世界任何一个角落进行探视。这是自我生命的修行,亦是在建立自己与人间丝丝缕缕的关联。每一秒,都在期待着新风景。正如伊丽莎白·毕肖普在《旅行的问题》中自我质询:"陆地、城市、乡村、社会/选择从来不宽也不自由。/这儿或那儿……不。/是不是我们本该待在家里/而不管家在何处?"

是啊!对于世人来说,出走与回归只是形式罢了,重在修复自我与世界的关系。心安归处即吾乡——蔡天新在行走中,进一步完成自身灵魂的确认。比如,他在威尼斯听教堂的钟声——

> 昨夜,圣马可教堂的钟声
> 穿越大运河上方的迷雾

抵达青年旅舍的窗前
广场上那些可爱的鸽子散尽
年轻的游子辛劳了一天
进入各自甜蜜的梦乡
伴随着亚得里亚海的暖风
送来一阵巴尔干半岛的硝烟

——《威尼斯》

　　"威尼斯"的本意是"最宁静的处所"。诗人选择用听觉完成自己对这座水城的体验，是最佳切入点。恬静的运河对面，是圣玛利亚·莎留特教堂，有三百余年的历史。当诗人枕水而睡时，蜿蜒的水巷，流动的清波，好似进入一个漂浮在碧波上的浪漫的梦。诗人以直诉式的语言，道出了"威尼斯"的特色。"伴随着亚得里亚海的暖风/送来一阵巴尔干半岛的硝烟"则内藏文化：诗人拜伦于1817年初到威尼斯，内心震颤，并送给威尼斯"亚得里亚海之后"的封号；而"巴尔干半岛"，一直是欧洲著名的"火药桶"，经常经受战争的洗礼，由此引发了诗人的遐想。

　　类似《威尼斯》这样的诗作，代表着蔡天新创作异域诗歌的起点与落点。或者说，在场域中，正是在诗人心中。他以自我测绘世界的同时，也在给自己画一幅地图。那将是一个非凡的人生——于闯入者的异域经验，或片刻的诗意宁静，且将做永恒的穿越，像是一颗子弹，穿过黑暗的墙。

　　显然，我期待蔡天新完成他的"域外诗丛"（五卷本）。地理和旅行带给诗人的，诗人也将分享给世人。那些绘声绘色的旅行见闻，充满了空间感与画面感。同时，我更期待蔡天新完成自己对灵魂的测度，以更为深广的语言传递出更为复杂的人生体验，并把这求索过程，刻在世界诗歌史上，犹如狄兰·托马斯和他的威尔士一般，不仅是蔡天新与五大洲有了诗意链接，而是世界因蔡天新而存在——这将是诗人完成的自我测绘。

省净的中年诗，或时间平衡术

——评张敏华诗集《风也会融化》

一

在汉语体系中，"省净"这一符码指向汉语的核心审美。它是古典诗学的构成性概念，涉及汉诗的本质要求、审美向度、风格鉴赏。无疑，张敏华创作的诗集《风也会融化》(广西师大出版社，2019年1月版)，是一部叙事简净、用笔明快的"古典"现代诗集。

从语言方面看，张敏华的创作比较符合汉语的特征。操汉语者，于瘦骨之中见丰盈。语言的工具性常于语境中生成，而语言的艺术性则需个体雕琢。张敏华是一位有研磨精神的诗人。他追求语言的减法、意蕴的加法，在节制而含蓄的表达中，营造丰沛的意境。

从理趣方面看，收入于诗集《风也会融化》中的诗歌，创作于2002年至2018年间，正值诗人的中年时期。其"家庭观念"和崇善尚孝的思想，彰显了其诗歌的民族性。

从探索方面看，张敏华的中年诗兼有古典诗质、现代审美、民族特性，以及时间哲学。16年的诗歌创作，既忠实地记录了诗人的心路历程，又呈现出多维探寻、内心抉择的生命体验。他说："中年写作有一种对自身随着身体机能的逐渐弱化变得越来越强烈的敏感，关注自我的作品开始增多。"显然,关注自我并非一开始的抉择,而是经历自白诗、禅诗、亲情诗的兼容并蓄后的集成。加之时间的"烹饪",张敏华的诗心变得柔软立体,别具一格。

在我看来,张敏华的文字驾驭力非常强。他"遵从自己的召唤,拒绝不符合自己的诗歌状态";他"沉潜在生活低处",注重"对自我生存状况的自觉和审视";他有着强烈的汉语意识和亲情体验,用纯粹的烟火写着人间的美妙诗篇。

二

一旦语言进入艺术的领域,其准确性就会被反复确认。几乎每一位成熟的写作者,都在强调语言的准确达意。只有准确,才可丰富。

读诗常寻惊人句,语言奥妙自窥探。正如画家德加难以理解文学所创造出的形象世界,而向诗人马拉美感叹"你的行业是恶魔似的行业"一般,我读到张敏华的那些"四两拨千斤"的句子时,深感日常语汇后的"别有洞天"。他反复写到"风""梨""夜晚""雪""墓地""蚂蚁""梦"等。生活、生命、亲情等日常主题被重复抒写,意味却不尽相同。这些日常意象所隐含的形而上的概括达意,超出了普通读者的阅读经验,打上了鲜明的"敏华烙印"。对于他来说,诗歌创作的语言是可控的,不可控的是世事和生命带给个体的侵蚀。由此生发的诗意,一层层地垒建在语言的塔楼里。

> 现在,我需要这样的快乐,
> 但这样的快乐对我来说已经很少。
> ——这是九月的西安,
> 在尘土飞扬的西郊,
> 一位憨厚的果农,递给我一只
> 刚从树上摘下的爆裂的石榴。
>
> 现在,我需要这样的疼痛,

但这样的疼痛对我来说已经很少。
——这是出土后被氧化的
断了头颅的兵马俑，
一位外国游客用生硬的中国话
对我说："上帝会惩罚发现者的。"

现在，我需要这样的忧悒，
但这样的忧悒对我来说已经很少。
——这是红灯笼闪烁的西安，
城墙上空的月亮，是否还是大唐的月亮？
不见了吊桥，不见了马车，
那么多的甲壳虫蠕动在城墙内外。

——《现在，我需要这样的快乐》

　　一目了然，这诗是诗人在古城西安游历时所做。先提这首诗，原因有
三：其一，创作时间在 2002 年，诗人正值不惑之年。他的题材选择也曾有过
高远的探索，但最后还是回归了他的小城，回归了自身的生存体验；其二，诗
人所选择的复沓结构，及营造诗意的耐心，可视为其写诗的节奏；其三，这首
诗所汇聚的时空意识和悲悯情怀，正是诗人日后写作的基调。西安，作为一
种文化存在，激发着诗人的诗意，诗人所期许的"快乐""疼痛""忧悒"，分别
从"在西安"的所见所闻中获得——"憨厚的果农"赠予"爆裂的石榴"是顺天
而为的自然；"断了头颅的兵马俑"是人为破坏的"疼痛"；"城墙上空的月亮，
是否还是大唐的月亮"，这千年一问，诗意消融了时间之殇。类似结构的诗
作，还有《夜晚给她带来什么》《不再》《这三年》《二月》《风在吹》等。

　　现代汉诗，重复是可怕的。张敏华写诗，不忌讳形式的复沓，恰恰是对
《诗经》的回环往复的继承与发扬，是对通俗之物的诗意解构与拓展。

　　《风也会融化》中有许多写"风"的诗歌。比如写于 2007 年的《风在吹》：
"风在吹，湖边的柳树在动，/雀鸟惊飞——//风在吹，一场大火/莫名地掏出

内心的灰烬。//风在吹,一个活在风里的老人,/轻轻拽着爱人的衣袖。"寥寥数笔,正是诗人对寻常事物所做的精细考量。"风"作为生命的见证者,可理解为意识中的"时间"。它像是一位先知,在它的左右下,青年人惊动,中年人焦灼,到了晚年,人才懂得真爱是依靠。

书名可见用意,"风意象"贯穿了整本诗集,也无处不在地穿过诗人和世人的生活场景——风从远古吹来,必将吹向未来、吹向人的心灵。"风意象"所蕴含的时间哲学,与时间、生命、爱情等文学永恒主题一样,贯穿整个中国文化史。它最早出现在《诗经》之中,已经蕴涵了悲凉哀愁的情调;到了屈原的《离骚》,则是屈原浪漫情感的再现;唐代诗人李贺则用"生世莫徒劳,风吹盘上烛"来劝勉世人珍惜当下时光。张敏华所写的"风意象",一改传统的低沉冷艳,达成现代生活的豁达乐观——张敏华擅长捕捉大自然变幻的一刹那,将日常生活中的平凡的风加以不平凡的想象,将其述之笔端,形成见证侵蚀、催生包容的"风意象"。

> 风抱住一块石头,抱住一座山,
> 风抱住一棵树,抱住一只鸟巢,
> 风抱住一把旧藤椅,抱住一个老人。
>
> 雪会融化,风也会融化,
> 但风迟迟不愿撒手,
> ——慈悲,鸟鸣,生死。
>
> ——《风也会融化》

比较《风在吹》《先验的风》《风沉默了》《风干了》《风也会融化》等系列风之诗,可以感到:一路写风,从遒劲到柔和。张敏华不仅在做诗歌语言的减法,更在做诗歌韵味的提纯。《风也会融化》显然是一首技巧娴熟、思虑单纯、视角独特、情怀高远的诗。诗人面对无形的风,赋予其可感情景,基于现实,出于想象,将"思虑之风"写得晶莹剔透、哀而不伤。如此,张敏华开拓了

"风意象"的新境界,将"风意象"与时间相结合,赋予自然原始的风以生命力。

不仅如此,张敏华感知岁月流逝的同时,越发接近中国古典诗学中的"清"的概念。其诗的语言明晰省净,其人的气质纯粹脱俗,其诗歌的立意和艺术追求执着而真诚,"经常在看似不经意的场景描述和人物对话中寄寓深意"(荣启光)。

他巧妙地运用了汉语的多义性,计凝练的语言具备更强的派生能力。

三

生于 1963 年的张敏华刚好比我大 20 岁。当我读到《风也会融化》时,我仿佛进入了我的"未来"时间。根据诗歌创作时间,读者可以较明晰地看到一条时间轴。2002 年到 2009 年间,诗人处于生活和创作的旺盛期,有一批热情似火的爱情诗;2010 年 9 月诗人的母亲去世,"死亡从中年开始侵蚀一个人"(阿乙);2010 年到 2012 年,诗人经历了前所未有的生命困境,工作中琐屑的事务、父亲患病住院,真正的中年焦虑不断地侵袭着他的思想;所幸天佑,2010 年其父亲大病初愈,2016 年 5 月外孙女出生。诗人沉浸在生命的悲欢之中。

再现概述年表,旨在表明《风也会融化》是一部自传性很强的诗集。诗人穷极时间的隐喻,把周遭事物烙印在个体生命的印迹里,以准确地传达生命常态里的悲欢离合。正如《钟表停了》:"脱轨的地铁瘫在黑夜里,/许多人从时间的轴承上下来。/然后在隧道里消失,/似乎生命就像一只钟表,/指针转动着人生的欢乐和悲伤,/校停心脏的快或者慢。"

作为诗龄 30 年的老诗人,创作《最后的禅意》《反刍》,为其诗艺做了坚实的探索与积淀。而今,其诗艺已入纯熟期,很少掺杂荷尔蒙情绪。他所创作的"中年诗",具体而丰富地"还原"了通俗意义上的"中年境况"。

　　她是上帝送给我的礼物。

月光下，我被她

一次次还原得年轻而有耐心。

"仿佛四十岁才开始爱。"

和她在一起，仿佛

和玛格丽特·杜拉斯在一起——

湄公河上的那个夜晚，

欢娱的肉体无法拒绝。

——《还原》

既然时间无法挽留，"仁慈的土地蜷缩着沉默/我无法重返自己的家园"
（《废墟上》）。那么，"我度过的近四十年的光阴，/没有过去，也没有现在。
……我活着，把祝福带在身上"。的确如此，残酷的时间哲学和琐屑的日常
现实教会了诗人"如何去爱"。张敏华是一位"懂爱""惜爱"的忠善之人。
《还原》一诗，展现了他柔软的内心，呈现了他对妻子的情欲与爱恋。除了
"礼物""月光""玛格丽特·杜拉斯"可以传达爱意外，诗人运用点睛之笔"仿
佛四十岁才开始爱"凸显主题。这种"诗夹日常对话"的创作技巧，在雷蒙
德·卡佛的诗中也极为常见。显然，诗人加入的日常话语，增强了诗的现实
性和情境感。"年轻而有耐心""湄公河的那个夜晚"更是一个处在不惑之年
的诗人对情爱的精准解读与回味。

源于浪漫主义情愫的内驱力，在中年临界阶段，张敏华创作了一批情感
炽热且技术娴熟的情诗。随之而来的是中年人所必须承担的忧愁与惊惧。
古希腊时期的哲学家伊壁鸠鲁主张，人们对死亡的恐惧导致灵魂的烦恼，对
死亡的哲学思辨完美地体现了自然哲学中的伦理精神，因而人必须以伦理
精神抵消对死亡的恐惧。

生活越来越凌乱，

父亲生病，整天往医院跑。

孩子上高三，早晚接送，

人到中年，该来的都来了，
　　不该来的也来了。

　　务虚的工作越来越多，
　　开会，考核，宴请，娱乐。
　　开始怀疑自己的
　　所作所为，
　　和亚健康的身体。

　　凌晨醒来，仰望夜空，
　　一张蛛网反扣下来，
　　眨眼的星星，只是嵌在
　　网眼上的水珠，
　　无法逃避被蒸发的命运。

——《中年》

　　倘若从语言考量，这首《中年》直白而聒噪，与张敏华的"低吟明雅"式创作迥乎不同。我索引此诗，恰恰是为了佐证张敏华在 2011 年前后陷入了巨大的精神旋涡。他似乎活成了一个"空心人"。据了解，2010 年的 9 月 9日，诗人的亲生母亲因脑梗离世。早在 1964 年，诗人的父母因故离婚。那时，诗人才出生 557 天。47 年间，诗人与母隔阂，和父亲相依为命。或哀，或恨，或孤独，或惆怅，积郁于心，以致短诗难以倾泻心中的万吨愁绪。他决意用一首近三百行的长诗《母亲书》来回顾这滴血的往事；他用诗意印证鲍·波普拉夫斯基的"我们互相道别；要知道，我们不会永远"。好似弥尔顿用"死亡的宇宙"概写山谷湖沼的惨境，张敏华用"黑蚂蚁""被蒸发的水珠""熏蛤蟆"来隐喻自己的人生境遇。而《熏蛤蟆》一诗，直呈了一个中年男人的脾气："被抓捕，被囚在编织袋里。/被长途贩运，被拐卖。/被闷在水里割下头。/被剥去皮，被挖去五脏六腑。/被清洗，被风干。/被放进油锅，被葱姜油熏。/被出卖,被端上宴席。/被食客戏谑为"青蛙的表哥"。/被下酒——/中华蟾,国家二级/保护动物,/死也不吭一声。"诗人所居住的小城,毗邻上海枫泾,"熏蛤蟆"是枫泾的一种特产,当然这所谓的国家二级保护动物多为人工饲养,当地非常流行吃熏蛤蟆,又叫吃"熏拉丝"。毋庸置疑,这是张敏华写得最"怨怅"、最"暴戾"的一首诗,它是《中年》的隐喻版,是张敏华版的《杀狗的过程》(雷平阳),是"死也不吭一声"的隐忍与绝望。

四

布罗茨基说,一个阅读诗歌的人,比一个不阅读诗歌的人更难征服。何况,张敏华是沉潜的诗歌创作者。中年困境又岂能将根植于身体的诗意泯灭呢? 于是他开始了诗意的救赎计划。

他先是尝试建立了属于自己的"自白诗的对话语域",尝试向美国诗人西尔维娅·普拉斯一样,向死而生,回归宿命。在中国诗人当中,受到西尔维娅·普拉斯影响的诗人有很多,尤其是女性诗人,诸如林雪、翟永明、陆忆敏等人,她们诗歌中的黑暗意识和女性色彩是存在主义哲学的另一种表达。普拉斯一生迷恋死亡,把死亡看成创造诗歌的源泉和动力——"诗歌与死亡成为不可分割的整体。"张敏华的诗歌创作,虽然没有强烈的黑暗意识,但迫于"母亲去世、父亲生病"的夹击,其诗写"自白形式"和"归于宿命"的特点颇为鲜明。

历经三年困厄,且父亲的病终有好转,他的诗意再度勃发,但难免还是忧郁低沉。或者说,在精神苦难的日子里,是诗歌救赎了他的灵魂。他写道:"这三年,经历多少悲欢,生离死别……//这三年,疲于奔命,屈服于命运……//这三年,沉浸于安静和等待……//这三年,无法摆脱这样的宿命。"

> 你缺了一颗牙齿,我多了
> 一根鱼刺,我们过着
> 忍辱负重的生活。

鱼鳞般的夜空，眼神是空的，
我们只能像藤蔓
相互缠着。
活着，不停地给别人让路，
也给自己让路——
命运所给的，我们还了

——《生活》

　　面对生命的考验，诗人葆有悲怆的理想主义者情怀，掣肘且纷繁的意识矛盾交织在现实生活和诗歌创作中。炽热的爱情暂时退潮，自然山水即刻隐退。张敏华写于 2014 年期间的诗歌执着地探寻着中年惶惑的出路，其中又暗含对苦难与宿命的抗争。诗人奔突于时间与生命的限制范畴，渐渐变得豁达了。"牙齿"与"鱼刺"的对立统一，都是时间给予个体生命的创伤；"鱼鳞般的夜空"和"藤蔓相互缠着"的黯然伤神，亦是中年生活的况味；"命运所给的，我们还了"的体悟，亦是经历困境后的宿命论调。

　　除此之外，张敏华还以较为"玄虚"的禅诗慰藉心灵。禅言诗志是他的中年诗的一个形而上的探索。究其根源，张敏华的"禅味"不是他本身的佛性，而是源于其诗歌创作的自然倾向和语言质地。杜甫在《春日忆李白》一诗中云："清新庾开府，俊逸鲍参军。"张敏华的诗艺本身就倾向"清新俊逸"，只是暂时的中年疑团让其创作陷入负重达意。为了进一步从中年危机和宿命论中挣脱出来，他必须继续做语言的减法和体验的飘窗，为此而形成的笔墨省净、峻洁萧朗的美学，恰应了禅诗的韵味。

七星郊外，我闻到了素食的香味，
但这一次，黄昏的佛门
为我破译夜色隐伏在荷池的本相。
通向圣地的门槛，是迷失，还是信仰？
一颗心备受困惑，折磨。

推开窗,放风进来,迷途的

灵魂,像倦鸟归林。

弯下肉身,佛光扶我起来——

看到星辰一样的命运。

——《圆通寺》

从《寺庙》《轮回》《在龙庄讲寺,兼致本义》等诗中,可窥探张敏华形而上的哲思。而《圆通寺》中的"通向圣地的门槛,是迷失,还是信仰?"一问,低声自辩,则有了形而下的答案。禅诗,于宗教意味甚远,更多的是诗人抗争苦难的结果——人性与自然性的融合。站在七星郊外的圆通寺门前,诗人选择了退守。他看清了"隐伏在河池的本相",并没有进一步"玄虚",而是选择打开心灵之窗,放风进来,让星光调适蹒跚的中年步调。

为张敏华的抉择,我深感庆幸;为他强大的驾驭力,我备感钦佩;为其诗意的探索与思辨,我奉送敬意。毕竟,历经宿命论和禅味的考辨,他没有陷入更大的虚无。

五

"诗是吾家事,人传世上情。"(杜甫《宗武生日》)张敏华的诗意常伴于身边的亲人,关涉人间的喜怒哀乐惧。近些年,其所写的"中年诗",积极探索中年焦虑的形式和意义,用诗歌表达出一种不流俗、不虚无、不高蹈的生命态度。面对困境,他怯懦地表达了心中的惶惑。但中国式家庭伦理的血因子,让他活得像个孩子一般纯粹——他选择了回归亲情,回到生命的本质。

正如后记所言明,患病却顽强求生的父亲重新点燃了张敏华创作的欲望。我数了数,从《中年》那句"父亲生病,整天往医院跑"起,张敏华竟在诗中提及父亲 63 次。如此高的频率,有两大用意:其一,父亲生病后,诗人在照顾父亲时体会到"唯有大爱可抵抗病痛";其二,诗人从父亲身上看到自己未来的生活,如此悲欣,又如此现实。

张敏华选择亲情诗作为落点，既是时间赋予的平衡智慧，也是诗人血液内的孝悌文化所致。由此而延展的亲情诗创作，丰富了当代汉诗人民性和民族性的外延。

　　著名诗歌评论家罗振亚在《对话：亲情诗的当下发展及可能》中谈道："亲情诗必然会涉及对自己的亲人和朋友的艺术抒写，写出亲友或对亲友情思的'个别特殊'之处，抓住'这一个'内涵的重要性，否则即会蹈空，也不可能产生撼人心魄的力量，所以适当吸收叙事文类的一些手段，如细节、动作、对话和场景等，让抒情获得质感的依托，这是好诗必须做到的第一步。但若只做到这一层还远远不够，亲情诗的情感必须打破过于私密、隐蔽的局限，以防堵塞了和读者心灵沟通的渠道，最终实现'表达出一种普遍性的人类情感'的理想状态。"无疑，张敏华的诗做到了"个别特殊"和"普遍情感"的契合。

　　　　　　　在长兴水口的山坳里，外岗村，
　　　　　　　翠谷阁农庄，凉风习习，
　　　　　　　银杏树下，我陪刚出院的父亲下棋。
　　　　　　　第一盘棋我故意输给他，
　　　　　　　第二盘棋我想赢他，但在我
　　　　　　　走神的刹那，他又赢了。

　　　　　　　这是我第一次带父亲
　　　　　　　外出过父亲节，
　　　　　　　父亲说："下一个节日就是中秋节，
　　　　　　　我希望日子过得快些。"
　　　　　　　——中秋节，我还会带父亲
　　　　　　　来这里，陪父亲下棋。

　　　　　　　天暗下来，直到我们无法看清

棋盘上的棋子——

——《父亲节》

　　张敏华写到父亲的诗句,常有惊人的细节。比如:陪父亲下棋、散步、就餐、看电影,谈父亲的转身而心惊,叹父亲化疗之艰辛,等等。古有宋凌云千里忆父,"梦魂不惮长安远,几度乘风问起居"。如今,50多岁的张敏华在父亲面前,始终谦卑地像个稚童。他为父亲所做的一切,足见"父亲"在其生命中的地位。《父亲节》一诗较为典型地体现了张敏华的写作风格。"翠谷阁农庄"与"父亲节"限定了诗意萌生的空间与时间;"与父亲对弈",这一叙事核心呈现了"人生棋局"和博尔赫斯"上帝操纵每一颗棋子"的构想;愿中秋节快些来临的愿望,则是"我欲因之梦吴越,一夜飞渡镜湖月"的心意表征。近两年,诗人明显感受到时间的飞逝,也在消逝的时光中,找到了诗意的存在,以填补生命的缺憾。或许,正是生活中亲人们所逢遇的哀愁、疾病、死亡等一次次变故与"磨难",催生了诗人对生命的领悟。在外部世界的挤压下,焦虑与恐惧如磐石在心,难以排解,而山水与禅意的告慰太过邈远,惶惑之心需要找到宣泄与转移的精神渠道,而诗歌就成了一种抒情达意的方式。

　　当然,从地理上看,张敏华最终选择亲情为创作落点,与其生活的小城密切相关。诗人曾经以"嘉善"为题创作了一首诗,对这"地嘉人善"的居住地倾注了自己的爱:"对它而言,缺少的只是赞美,/一个善良属性的地名。/爱上它,那种杜鹃的红。/爱上它,那种玉兰的白。"正是地域的善良属性,影响着诗人"在低处"的生活处境。而嘉善这个地方的善的传统,自古有之。明代出生在嘉善的袁黄(袁了凡)所作的《了凡四训》就是经典的训子善书,其阐明"命自我立,福自己求"的思想,融合成嘉善的地方文化,并启迪人们认识命运的真相,明辨善恶的标准,改过迁善。张敏华向善求真写爱的诗歌主张与此契合,其人其诗皆有"善良属性",皆有"杜鹃"的赤诚与"玉兰"的素净。

每天去上班,五分钟车程,

路边行人匆匆,想起以前也和他们一样。
副驾驶的座位空着,但在我的
意识里,一直坐着一个人。
——有时是我的母亲,在我买车时
她已经死了。
——有时是我的父亲,只有
在他看病去医院时,才坐我的车。

但是现在,每天晚饭之后,
女儿抱着她八个月大的孩子——
我的外孙女,坐在副驾驶的
座位上,出去兜风,
我小心翼翼地开车,过着
天伦之乐的生活

——《生活》

　　诗人曾在《在废墟》一诗中问道:"什么样的日子在等待我,/——怎样的过去,怎样的现在,/生活的将来,将来的生活。"十余年过去了,张敏华用《生活》一诗,回答了前面的问题,同时也呼应了另一首《轮回》——"猝不及防的还是命运,/在翻身,或翻不过身的夜晚。"毕竟,诗歌也必须服从命运,而诗意可以洗涤灵魂。《生活》一诗,得于日常上班途中的五分钟所思,主体是诗人本体以及空着的"副驾驶座位",由此展开的生命繁衍的思索令人共鸣。在主体意识中,副驾驶的位置上一直有一个人存在,这是生活的镜像——曾是诗人的母亲,现在可能是"去医院看病的父亲",可能是"女儿抱着她八个月大的孩子"。于此可以看出,张敏华以浓缩时空、多元叠嶂的手法,解构日常的短暂与生命的永恒。比较他 2014 年写下的"活着,不停地给别人让路,/也给自己让路——"(《生活》),不难看出,诗人对生活的隐痛,已有觉察。

面对永恒流动的生命长河,时间用尽一切诗意,教会人领悟其中的爱恨离愁;个体生命历经惶惑困顿,让时间与诗歌互证,抚慰心灵、平衡悲欢;诗人张敏华,运用时间炼金术,以其达成诗歌与生命、语言与思悟的平衡,让风融化生命中的"苍凉、焦虑、绝望和虚无……"

——《浙江作家》2019 年第 5 期
《柳洲》2019 年第 2 期

现实主义创作之一种：“所有的美都在窗外”
——康泾现实主义诗歌创作路径解读

> 不要以为，鸟深爱天空
>
> 只爱天地之间自由的部分
>
> 如果有足够的空间
>
> 它也愿意落地生存

这是康泾题写在诗集《50°》封面上的四句诗，暗含着诗人现实主义创作的倾向。诗人借“鸟”的意愿，表达自己对浪漫与现实的看法。“自由的部分”是每个人曾有过的浪漫追求，而“落地生存”则是个人命运与时代图景的现实归宿。据个体生命诗学与时代文化诗学考量，现实意识的强化，源于创作者与生命、现实的博弈、对抗。

自1985年，康泾加入“远方诗社”算起，他持续文学创作已有30余年。如今，他艺术与生命的热情蓬勃胜春，在散文、诗歌、小说、地方人物志的创作上均有不俗的成绩。2013年出版了诗文集《稻草人》（浙江文艺出版社）；2015年，凭借现实主义风格的散文《独行》获得全球丰子恺散文大赛金奖；2016年出版了个人诗集《50°》（现代出版社）；2019年出版长篇小说《青镇人家》（江苏凤凰文艺出版社）；一直以来，他还研究明末清初的思想家吕留良。

其创作涉猎广泛、硕果累累，只因康泾瞄准了一条现实主义创作之路，在日新月异的当下，触点颇丰。以现实生活为导向，让康泾的文学创作紧接地气、取材便易。单就诗歌创作来说,其诗路越来越明晰,诗风趋于明朗。

他对现实的诗写,比较符合时代的节奏。关注"康泾诗家园"的诗人都知道,康泾的创作欲望极为强烈,几乎是每日必作诗。从本质(初心)上说,他视文学创作为生命。他曾在《稻草人》的后记中提及:"'茅盾故乡作协主席'这顶桂冠,非吾辈所能担当得起! 可是事情总要有人做的。对一个视文字如生命的人,如果让你做一件为文字而奔走呼号的事,你是没有任何理由拒绝的。"

数年来,他担任桐乡作家协会主席,组织文学赛事、策划诗歌讲座、注重青少年的文学梦,为繁荣地方文化做出了较大贡献。尤其是组建了"凤凰湖诗社",将一批志同道合的诗人团结在一起,探讨写作,编选了质量上乘的《凤凰湖诗刊》。不难看出,康泾的文学梦,不仅是在自己的文字天空里翱翔,而且是将文学氛围建立起来,使"诗意的栖居"落地生根并繁荣昌盛。这正是康泾现实主义思想的工作镜像。

——他的身份首先是一个嗜文如命的诗人,其次才是一个诗歌活动家、策划者、政府工作人员。或许,我们可以通过诗歌,复原他的诗意元象。

知道吗? 我的诗流淌着血
每个字都带着体温
我带他们上山
仿佛天生就会攀登
然后在雪中融化,分行
把温暖的句子慢慢拆开
看到它们生疼生疼

躺在我身边的人
一定要快快醒来啊
叮叮咚咚的句子

让我想起彼此的眼神

在夜空中说话，跳跃，做爱

每个字都含在嘴里

浸泡得失去知觉

我宁愿在这一刻死去

至少保留着最后一次阅读的疯狂

如果来得及，请带上我的诗，出门

跳上那列欢快的列车

皮带一样拴住你的肌肤

记得，一定不要让它们

掉在吭哧吭哧一路生硬的铁轨上

——《我的诗》

　　正如加缪所说："创造，就是生活两次。"康泾在创作诗歌的同时，也是在创造属于自己的另一种生活。每一个词语都有体温，每个词根都能唤醒人间之爱，每句诗歌都具有对抗冷酷现实的文化价值。此为康泾的创作动力。《我的诗》较典型地体现了康泾排除浪漫主义的感性与音乐性的企图。诗人在创作过程中，不追求圆润的表达，注重意象和认知的独特体验。康泾所选择的现实主义创作途径固然是当代文学创作的主流，如果运用得当，所选择的意象能够与读者的感官、认知相吻合，必然能引起读者的共鸣。借此路，看他写到《一枚钉子》："虽然是一枚钉子，但我从不/强行占有一块木头……别迎合尖锐的观点/来填补空虚……相反，侵占木头身体的一部分/将牺牲我生命中/长长的一截。"康泾寄情于一枚钉子，与木头建立一种互相牵制的关系，从而在对立中寻求和解的意义。此诗的意象和汤养宗的《钉子钉在钉孔中是孤独的》有相同的触点，但立意却大不相同。康泾旨在表明钉子与木头的关系，而汤诗则侧重"钉子钉入黑暗的孤独"。

　　读康泾的诗，可感较为鲜明的口语风格。他的口语比较贴近生活实际，像是诗歌创作主体向大众发出的拷问,或是诗人与现实的对话。我认为,这是诗人在以自己的创作形式反抗当下较为流行的现代主义诗歌创作技巧。当下的中国,一部分创作受到欧洲现代主义影响极大,以致过分重视技巧和言辞的粉饰,丧失了汉语本身的活力,并未用尽汉语的多义、反讽及批判的优势。康泾的快捷诗写,常疏离的现代派小文人诗歌,选择批判现实主义诗歌写作,具有较高的文学审美趣味和文化价值。他用朴素的语言表现未被大众文明、娱乐文化、雅致享受粉饰过的原始冲动,聚焦人性本身的特征。

> 难得有一片宁静。担心的蛙鸣
> 没有鼓起来。它想唱出忧郁吗
> 想必与兄弟姐妹分离太久
> 抽刀断水解决了所有
> 血缘关系。眼前流过的都是陌生
> 陌生的声音,陌生的眼神
> 让人不寒而栗。面对夏天
> 流再多的泪,也无法获得汗水
> 的同情。我的心有一刻
> 拒绝运动,奔跑让整个身体
> 带着金属般的疲惫
> 但是,月光竟如此优雅
> 在我的肌肤上泛出天使的光芒
> 我坐在河的对岸,内心安详
> 如同圣母。河里的水草长满莲花
> 抬眼望过去,已经模糊一片
>
> ——《我坐在河的对岸,内心安详》

诗人在郊野,坐在河的对岸,看河水盈盈,内心平静安详。作为现实主义诗人,康泾的诗歌叙事性非常强。为了表现内心的安详,诗人撷取了"鼓噪的蛙鸣""陌生的眼神""金属般的疲惫"等反制且日常的情绪,与"内心安详"形成鲜明的比对。随物起兴,延展开来,好似进入了词语的冥想世界。像这样的写诗状态,正是康泾用诗性审视万物的结果。他保持着诗意的锐利,发现生命血液里潜藏的故事。

据我分析,康泾选择现实主义诗歌创作路径在于他的求真意志。当代中国,政治经济文化发展迅速,时空巨变,多元文化互冲亦互为补充;社会分工日益精细,个体间又彼此依赖。诗人身处现实的变革之中,耳闻目睹时代的变迁。新时代为诗人的思考和创作,提供了广阔的社会背景。另外,诗人自觉萌发的批判意识和求真意志成为现实主义创作的内驱力。正所谓美刺并举,康泾的诗歌创作在追求生命和文化写意的道路上,提出了自己的批判主张。

> 我敬畏的人,轰然倒塌。
> 因为罡风。既不是规定动作,也不是意外。
> 我成为无人问津的花朵。
>
> 我坚定地在半夜前后盛开。
> 不用任何佐料,就是一盘
> 可口的饭菜。除了品尝苦涩,
> 我也品尝自己坚硬的白发
> 与瘦弱的胸怀。
>
> 偶然,我在人群中遇见
> 他。并不高大。我猜想他的胸膛
> 没有描绘得那么明亮。
> 出于礼貌,我挥挥手,动动嘴角。
>
> 现在,他已消失在拐角。

有一阵子,他朗读过的诗

被阴暗潮湿里探出的身子捕获。

他们唱着赞歌。但一定不是民谣。

——《赞歌》

  真正的诗歌是充满力量的匕首。它能够借助诗人的想象力,对现实进行有力的批判和反讽。这首题为《赞歌》的诗,显然是对"某一类人"的明褒实贬。有良知的诗人,必须有坚定的立场,他以诗歌为载体,表达维护社会公理的立场。此诗既表达了"我"的行事准则,也批判了自己厌倦的"赞歌"。"不用任何作料,就是一盘可口的饭菜""我猜他的胸膛,没有描绘得那么明亮",这两句诗有相当强的现场感,诗人以日常情境入诗,互为参照地写出了"反腐倡廉"的现实境况。从文化批判的角度考量,《赞歌》一诗和康泾的获奖散文《独行》,有异曲同工之妙。康泾在政府机关工作,目睹贪官落马,有事实根据。其创作几乎不天花乱坠、虚构设疑,而是就近取材、平实铺展。可贵的是,康泾在处理现实题材之时,所选角度精微准确,豪无半点口舌之说、人格评判。诗人侧重表述审视的过程,正如布罗茨基在评价茨维塔耶娃的《新年贺信》时所言:"艺术总是作为这样一次行动的结果而存在的,这行动从侧面指向外部,朝向获得一个与艺术没有直接关系的对象。它是一种传递手段,是窗前闪烁的一片风景——而不是传递的目的地。"的确,用"窗前闪烁的一片风景"来概括康泾的诗,是最为准确的。毕竟,及物抒情,使得他的诗具有强烈的画面感。而画外音,则是另一个指向,需要读者与诗人共鸣,也是诗人隔山打牛所蕴藉的所指。

  钟嵘在《诗品》中有言:"嘉会寄诗以亲,离群拖诗以怨。"作为一个视文字如生命的诗人,他究竟可以从文学那里获得怎样的回馈呢?不难得知。除了获得一些"嘉会"声誉外,更有一颗不卑不亢、宁静致远的心灵。康泾似乎找到了诗歌的馈赠——时光、江南、生命,因诗而明晰。

  毋庸置疑,现实主义创作与生存环境密不可分,对于诗歌来说,诗人所处的社会环境,决定了诗歌硬朗的部分——批判现实的意志;而诗人生存的自然环境则滋养了其创作的柔美部分——包容含蓄的情韵。康泾的现实主义诗歌创作既延续了雷抒雁、张学梦、骆耕野等老一辈诗人的风格,对时代的悲欢、社会的炎凉、人民的苦乐、人生的冷暖,有着较为深切的感受。同时,我们也应该看到康泾诗歌的现实主义所具备的江南气韵。

尤其是他生长于江南,受到江南文化的浸润,而养成的水的性情。他的两组与水相关的诗歌:《生活着的古镇,生活着的千年活水》《一辈子的海水,可以美如玉环》,均比较成熟。前者获得《诗刊》社主办的首届"恋恋西塘"全国诗歌大赛三等奖,后者获得《江南》杂志主办的"魅力玉环·诗意大鹿岛"全国诗歌散文大赛二等奖。"悦耳的故事在塔湾街回味无穷。/马头墙,仿佛明清时期的浣纱女/乌黑发亮的发髻,将一个古镇的风水/都流淌在脉脉夕阳的风景里。"如你所见,康泾具备很强的写实能力,他抓住"塔湾街""马头墙""脉脉夕阳"这些实景,再现西塘的柔美意境,展现生活着的千年古镇的活力。"水是不可或缺的,一生都用以流淌。/流淌的诗灾难。悔恨,以及争夺的命运的搏斗。/……那样,我将不负你,/不负烟波浩渺,不负碧玉环绕。"则再次将大鹿岛的诗意与江南水文化交织在一起,用诗句应允生命的承诺。

> 我要过简单生活。喝洁净的水,
> 享受无污染的风,
> 只要一种爱情,
> 将我囚禁在自由的天空。
> 我吃草,以及与草接近的植物,
> 连同它们地下的根。
>
> 如果没有陌生人,可以不发出任何声音。
> 我把文字挂着墙上,即使苍老也能够
> 发出光芒。所有的美都在窗外,
> 春天会扑面而来,秋天也会黯淡下去,

直到寒冷像雪一样露出透明。

有一天,我会养一条狗,像周围的亲人。
陪伴我站立、走动,或者仰望天空。
即使已经看不到任何光明,
我还能看到狗,在阳光下落下热泪。

——《简单生活》

上善若水任方圆,大道至简天人一。人经过岁月的磨砺,总偏爱简单生活。诗人更是在词语的切磋琢磨和思想的转换中,日渐豁朗。康泾在探索诗艺的道路上,也明晰了自己的人生境界。《简单生活》一诗,不仅表达了自己追求简单生活的愿望,而且做到了诗歌语言的淬炼成金。开篇明义——"我要过简单生活",继而通过一些直白却值得玩味的细节呈现出"简单生活"的构想。"洁净的水"、"无污染的风"、"囚禁在自由天空"里的爱情,这些返璞归真的写意,含有"可望而不可即"的无奈与纯粹心灵的不可阻抑。"即使苍老也能够发出光芒"的文字,令人敬畏的"透明"人生,终将是文字陪伴的寒暑往来。"我会养一条狗",写出一种远离人群后的孤独,以及人与自然的融合。其实,诗人所追求的简单生活,亦是一种极致宁静的生活。诗人所用的每一个词根,朴素且温暖,但对于现实而言,任何一种极致的事物都构成一定程度的反讽和批判。毕竟,在现实面前,诗人的诉求永远指向"窗外的风景",指向未来。

当然,康泾的诗歌创作量非常大,其风格也不局限于现实主义。《燃烧》《工匠》《诱惑》等一批诗歌,都属于超现实主义风格。诗人融及物与想象为一体,试图将日常生活的诗意写尽,写透,写到认知的极致。此可为康泾诗歌创作的又一境地,那些属于未来的诗句,将会不屑浪漫,成为窗外根植于现实的璀璨之花。

代际与反叛：阿斐，80后诗人的标杆

　　从山里到城里，从青翠到灰冷，从族系到孤民，从无知到智谋，从单纯到繁杂，再从苍茫进入至简的灵魂……诗人阿斐生于20世纪80年代初，成长于经济腾飞的年代，时间的跨度把这倔强的头颅搁置在悬崖之上，同时，拉扯于城乡之间的切身体验再次考验着孤独的灵魂。他的孤绝源自走出深山、没于城市后的惘然若失，冒进与畏缩形成的矛盾在这敏感而多虑的身体内挣扎，汇出了不一样的人生境遇。

　　阿斐的诗歌创作发轫于"下半身"写作。他1997年开始诗歌创作，1999年第一次发表诗歌，2000年在《下半身》发表作品，为"下半身"诗群最年轻成员。从"下半身"写作的角度来读，阿斐的诗作确实切近自身肉体，强调的是写作中的"身体性"，其实意在打开身体之门，释放被压抑的真实的生命力。但从诗意的延续来看，身体的诉说是有限的，而结合社会、生命的解读则是无限的。要领略阿斐的诗歌底色，还是要进入那个深的山。

　　　　本以为自己已成断根的草
　　　　在家乡那块埋人的土地上
　　　　我的呼吸已经消失
　　　　试图快刀斩乱麻的杀手
　　　　欺骗了自己
　　　　隐匿过去的生活

躺在时代的阴沟里

来看看我住的钢筋水泥吧

带你们逛逛这座无辜的城市

那些和我们一样的脸孔

消磨着什么样的人生

万年后你们如果还来找我

还把我当作兄弟那样倾心谈笑

我一定会把脑海中的记忆和盘托出

——《老家的亲戚》

  故乡之于游子,究竟是爱,还是恨?在追求更高的历程时,故乡的无知是累赘,而恰恰是这莽汉似的山,告诉你会有不一样的世界。倘若你甘于堕落,那么谁都救不了。老家的亲戚实质上是对落后的农村的一种决断,对那种生活的廉价的劳动,没有追求的人生,埋葬自己无灵魂的控诉。人性是矛盾的,对于深山,我们不得不钦佩它的沉默,它的涵养,它的土色,它的深幽。但这些终归只能是陶渊明式的隐士品格,对于生活在现代大都市的阿斐来说,断裂自己与山的感情是一种内在的动力。如果不是怀着"走出深山"的愿景,游子的步履不可能那么坚定。而时光布局,人们渐渐发现,那些根植于童年和血脉里的东西,始终难以"换血肃清",我们依然是热爱深山的微尘。但凡山民,应都有这种爱恨交加、时光顿悟的感知吧!在阿斐和我的故乡,还走出了著名文学评论家、学者摩罗。作为我们的先行者,摩罗的旅迹,无疑给后起者许多示范。

死也要活着死去

这是我唯一的想法

那天我从地狱爬出来

像一只蛆虫变成飞蝶

国家离我远去
我抵达我的故乡
这片自由的埋人之土
长河内臭烘烘的淤泥

它才是我需要的世界
尽管贫瘠肮脏如斯
我在它的身体内活过
这已足够

——《镣铐之死》

那山间"两平方米"的自由埋人之土,是故乡形形色色的人追求的安乐天堂。一座座雷同的坟茔和刻着"先祖故考"的墓志铭,以及常见的风光大葬。记忆里的人物群像往往是创作者的源泉。在那里居住的土著,大抵是因为时空关系,他们比都市人更接地气,也更接通时光的气息。带着死亡镣铐的人们,除了种植粮食和蔬菜,还种植求生的愿景,尽管故土贫瘠肮脏,但较之于"机器"的冰冷与烦琐,"网络"的虚无与谎言,大山障碍了的视野倒更显安全。"我曾以为/经历过一辈子苦难/经历过一辈子世态沧桑的老家伙/是求速死的/而我错了/人这种东西/哪怕多少次死里逃生/多少次痛不欲生/活得再艰难,再无耻/再低声下气/再孤独寂寞/唯有活着是真理。"诗人怀想一位乡下老人,以展示一个乡民的孤独与求生欲望,没有那种濒临死亡的恐惧之感,但却平静地讲述了人类面临死亡的不甘与绝望。

对于生于 20 世纪 80 年代的人来说,童年相对温暖幸福,赶上了改革开放大发展、大变迁的时代。从物质条件的充裕到追求精神文化的不易,让身处变革洪流中的肉身备受精神打击和煎熬。你断然可以走向世俗的胜利与肉欲的沉迷,但你也可以告别某些低俗,保持孑然独立的姿态,摒弃一些,保留一些。阿斐在诗歌保存了朴实的叙事魅力,同时也有他倔强的坚持。对于那些虚妄的存在,可感他的睥睨与不屑。

国家意识不应是政治意识。对真正的爱国者来说,国家与政治是有着鲜明界限的。他在诗作《命运交响曲》中说:"好吧,我承认我爱国/我的祖国广阔无边/好吧,我承认我卑微/我的卑微有一颗坚韧的心。"用卑微而敬仰的心,去崇尚正义与真理,才是真正的爱国表现。面对在矿难中死去的阶级兄弟,他们是独立的生命个体,他们的社会价值再小,也不能泯灭他们的生命价值与尊严。在我们的故乡,除了生老病死之外,仍然有许多"非正常死亡"者。这些非正常死亡者身上经历的事情,已经无从考证,更多的信息是从乡间池塘的那些洗衣埠头上的妇女处最终得知的江湖传言。可以肯定的是:这些亡灵不一定都单纯。他们或许在城市犯下了不可饶恕的罪名,但站在一个山民的角度思考,他们走在悬崖上的孤独与落寞,又有几个人能够体会呢?

冬天了,广州并不冷
在铸山村,我的家乡
红花草的种子在另一个世界苏醒
春天绽放于它们的躯干
越贫寒越美丽
来年在我的世界
一群人踩过遍地紫色幼花
穿越两公里时空进入学堂
他们在红花草的身体上
精确犁出一条供两人并肩的路
并适时摆开战局
一群人分成两组
有人把一块泥团准确地投到我脸上
战争才真正开始
双方扭打如两队哺乳期的小黄牛

——《红花草》

这些曾经扭打在一起的卑微生命,抵达城市后,更显卑贱。《红花草》看似在怀恋童年的玩伴,但却表达出对进城务工人群的温情关照。因贫寒而美丽的人们,"孤独,离群索居,看上去胆小、谨慎,犹豫不决,仿佛思虑过度,心事重重,它们命中注定秃顶一生"。阿斐用自己对生活的切肤之痛,来体验从荒野山村到国际都市的彷徨与落寞。这不仅是个人情绪化的抒写,更代表着当下某种主流的城居者的心态。他们的心中藏有两个世界,一个是故土,另一个是异乡。"我还是谨小慎微了/把自己安放在远方的角落/以孤独的名义安全着/等待意外的造访。"撇开繁华,尽见内心的孤独。有时,我们就是那在城市人潮中游泳的鱼,只有在夜间才能感受到自己黑暗的存在。

　　出于对生命和深山的敬畏,我们曾经困顿迷惘。城市的奢靡让我们暂时失去了方向。不过,谁都不能预知自己的未来。就像先行者摩罗一样,他从文学评论社会经济学探源,从鲁迅的膜拜者到"反五四运动"的倡导者,从文化研究到宗教研究,从《走出深的山》到《中国站起来》。在知识渐进的路上,人完成了自我修行与反叛。阿斐则以诗歌的形式为自己的精神找到了栖息之地。

　　　　她的声音像一位擅长撒娇的情人
　　　　电话这头,我笑容呆滞
　　　　她说:爸爸,你怎么还不回家
　　　　她说:我自己洗的澡,很乖吧
　　　　我蠕动嘴唇,一定说了些什么
　　　　让她开心的话,所以话筒里的声音笑了
　　　　笑得我眼泪蓄满胸腔
　　　　孩子,你的爸爸是一个虚伪的男人
　　　　一个不值得让你喊他爸爸的男人
　　　　他早已把自己撕裂成尘埃般的碎片
　　　　他早已腐朽、变质,像一名逝者

朋友眼里他充满阳光,快乐潇洒

其实他那颗心只剩下淤泥

他的残忍让他不敢正视自己

让他在你面前,板起脸孔掩饰胆怯

让他羞于回到你的身边,羞于说:亲爱的女儿

——《最伟大的诗》

　　相对孩子的天真烂漫,我们已经顾虑太多、老态龙钟了。《最伟大的诗》
饱含着一个曾经忧伤的父亲对纯真的女儿的崇拜与爱。或许,"逆生长"确
实是一种生命规律。随着年岁的增多,知识的充沛,我们的人性总在彷徨
着,忧伤着。试问:哪一个诗人不曾忧伤呢?但生命的归宿在于它依然繁
衍,当你绝望困顿时,神灵和下一代会给予你希望,青年虚无者可以死了,生
活中留下的柴米油盐酱醋茶和锅碗瓢盆,都可以是充满真实的诗意。

　　把《最伟大的诗》与《父辈的挽歌》进行比较,"生于荒年,毁于盛世"的父
辈与"亲爱的女儿"绝非仅仅是人格化的体现,更是代际变迁与历史发展的
呈现。阿斐在爱中找到了精神归宿。近几年,他迁居到杭州。他曾说,打小
时候起,他就喜欢西湖的美,喜欢《山海经》中的神奇力量。如今,虽然工作
压力有些大,但都压制不了生命本质的诗意。作为同乡,又都在浙江工作,
我特别关注他的创作,尤其喜欢他创作的家庭诗。譬如《婚礼》一诗:

下班很晚

夜没想象的那样黑

我心情不好也不坏

总觉得有件事

好像应该做却想不起来

现在我终于想起来了

在我临睡前

脑海里飘过一个奇怪的镜头
那是一副棺材
里面躺着我的奶奶

如果你还活着
应该又在埋怨我
这个斐仔啊
又这么长时间不打电话
忘记奶奶了

奶奶我告诉你
你的号码仍在我手机里
隔一周打一次电话的约定
也还记得
只是像往常一样我仍然忙

忙啊,我这个孙子!
忙到果然没能见你最后一面没能为你送终
忙到坐在你棺材边上脑袋里还想着工作
忙啊忙到你一入土我便离开
忙啊忙到忘了你已经死了

你不在了,你知道吗奶奶
我对你说你这次不会死可还是死了
人都是会死的但你是我奶奶啊
我说过你会活到一百岁不是在骗你
然而,当然是骗你

走吧奶奶，其实我这个孙子没那么矫情

你一生受苦现在他们全部归零

我见证了你生命中最辉煌的时刻

锣鼓喧天，连唱了三天的黄梅戏

所有亲人列队相送如同送一位出嫁的新娘

这是你的葬礼

也是你的婚礼

爷爷，奶奶来了

——《婚礼》

就诗歌而言，当代汉诗的群体意识过浓。这源于"文以载道"的传统。《诗经》、乐府、宋词都依附于音乐，其创作带有明显的群体性，强调诗教寓乐。诗人的生命本体意识并不明显。而唐诗，尤其是"文人诗"，比较好地体现了个体意识。

阿斐到杭州后，写了一些家庭诗，看似肤浅流俗，实则高雅。依我看，当群居生活过于鄙俗时，诗有必要绕道而行，或敛入小我之境。也就是说，诗人的超脱，决定于人在社会中的时态。阿斐所倡导的家庭叙事，反映了个体的诗，即是每个人的诗，也是自由平等之诗，犹如他信仰的神，其个体与共性融为一体。由此，阿斐作为诗人，他的孤独成熟了。他所发展的个体诗学日臻完善，进入了小我泛舟之境。此种小，恰恰是进入伟大诗篇的可能通道。

《婚礼》一诗，如月朗星稀的夜空，平静、内敛、真实，较典型地体现了阿斐的个体诗学。

诗人走在下班的路上，忽然想起了已故的奶奶。几乎是一步一词，全无雕饰。这种煮沸的白开水，经过诗意的冷却，正是健康温和的饮品。当然，如果仅是白开水，那么也就无所谓成不成诗了。诗人写到第5节，抓住了当下都市生活的典型特征——忙。第5节的"忙啊忙"与诗的第1句"下班很晚"呼应，将本来略显松散的结构拎紧凑。同时，诗人以解构的手法将都市青年的生活镜像呈现，还暗示疲惫的心绪需要亲情慰藉。如此表达，不大不空，正是当代汉诗所需要的人文关怀。诗歌到此，可见其技巧娴熟、情绪饱满，却难见诗人境界。往下读，从"百岁谎言""辉煌时刻""婚礼"中，可窥见通达智慧，仿佛庄子、苏轼的豁达心境。由此，诗人对已故奶奶的思念完成了悲喜转换，且无限贴近了真实的内心。

　　写诗，形成独立的风格，并非易事。阿斐所形成的个体叙事风格，具备了他独享的素材库（可能会有局限），其平近之风，并非他江郎才尽的表现，而是诗的自由精神、个性体验、全民共读所致。其诗学价值在于构成一个仅供个体出入的语言时空，形成一套沟通时代现场与个体文本的独特的转换机制。

诗在语言的迷宫内自由生长
——读赵俊的诗兼诗歌现代性思辨

> 四月是最残忍的一个月，荒地上
>
> 长着丁香，把回忆和欲望
>
> 搀合在一起，又让春雨
>
> 催促那些迟钝的根芽
>
> ——T. S. 艾略特《荒原·死者葬仪》

　　连日来，读赵俊的诗，莫名让我想起艾略特的这几句诗。不仅是因为我们相识在残忍的四月，更因其诗带给我的密集意象与新生力量。同为《诗潮》举办的"首届全国新青年诗会"的青年诗人，他已然确定了自己的诗学，写出了 20 节、400 行的长诗《莫干山之子》，其诗的大气象，可叹可期。亦如潘维评价《擦皮鞋的人》时所说，"赵俊作为年轻的 80 后诗人，在处理语言和现实世界的交汇、融合的过程中，体现了令人惊叹的成熟。并且，最后的姿态是非常健康的，不选择绝对，而是接受妥协"。在常州与会期间，获赠诗集《莫干少年，在南方》。显而易见，从书名可推出他早期的创作概况。他是浙江德清人，在杭州就读浙江传媒学院，莫干山诗歌节发起人之一，目前定居深圳，担任东风公司《汽车之旅》文化总监。跨域落户，极易产生思想文化上的碰撞，何况，一棵拱土而出、节节高升的莫干山"仙竹"，乔迁到水泥森林的深圳，其心灵的撞击，唯有诗歌可以抚慰。于是，他看着城市发展对人性的异化,看见漂泊的内心。

> 那些工人,慵懒地看着
> 机器人将机器马的部件
> 慢慢地组装起来
> 下了班之后
> 他们才是活生生的人
> 他们表情木讷
> 像极了那些机器人
> 此刻,我无法从他们脸上剪辑出
> 关于人类的笑容
>
> 总有一天可以的
> 那些机器人会
> 完成我这个想法
> 那时候,他们也像今天一样
> 看着这些当他们是机器人的人
>
> ——《走进东风日产半自动化总装车间》

无疑,"被现代工业异化的人格"正是他进入深圳后的一种心理阐释。凭着诗人倔强的头颅,睥睨一切所见,甚至现实、命运愈发强势,愈能激发诗人内心的反抗意识,从而在撕裂的现实(平静如常的现实却暗潮涌动)中找到所愤激的对象,赵俊可谓是一位逆势生长的青年诗人。他发现了一条生活的密道,即来自诗人对世界独特的审视。在他的心中,深圳的现代生活是多元的,且诗歌的现代性正在生长。站在内心撕裂的赵俊的角度看,当代汉诗的现代性生长的速度恰恰是滞缓而生硬的。他尝试在高强度节奏的生活土壤中,培育出诗意之花。伴随着回忆和欲望,他发现诗歌正在语言的迷宫中生长。

与很多注重宏观达意的诗人相比,赵俊的写诗不存在过多的预设,靠诗意的"瘾头",索引而出,继而靠语言天赋和想象联动以及诗意视角的合力,推动诗意前行。故此,赵俊的诗歌总展示出非凡的原创力与较为晦涩的迷宫暗角。依我看,有些晦涩难懂之处,正是赵俊诗歌最纯粹、最个人化的表达。正如诗人臧棣所言:"就如德国人阿多诺表露过的,诗的晦涩,其实是给这个世界的麻木的一记耳光。诗的晦涩,是个人对普通的堕落和麻木的一种必要的防御术。"此观点,恰恰是赵俊个人诗观的最好印证:"诗歌是对日常生活和语言的反抗,只有具备逆商,才能接近诗歌的自由精神。"诗歌是文学塔尖上的艺术,其自由精神之可贵就如人的大脑中枢一般。赵俊的诗歌表态指明,他不会过多地尝试口语诗创作,也不会陷入庸常的写意。他的诗歌的自由源自复杂的经验与东西方文化的自由转换。

这些南美洲的树木,曾被博尔赫斯的目光

烧出叶片的不同形状。在阳光倾斜的姿态中

伤口上的汁液,滴在被拖拉机伤害过的道路

这正是金黄的老虎,被囚禁的时刻

这些彩色的诗句,被锁在白色的屏幕之中

其中的一些译本,没有得到相应的摩斯密码在仓颉治下的语

言王国,这些字根伛偻在

瑟缩的墙角。南海上的风正在阻挡同一个洋流

所以我将他打印出来。通过树木制成的纸浆

在这个秋日的午后,它们和诗人一样已成为枯骨

在打印机黑暗的密室里,正在盘算着一场盛大的复活

而我永恒的一按,开启了天堂图书馆金色的大门

——《打印诗集》

这首《打印诗集》创作于 2016 年,在《莫干少年,在南方》出版之后。令人惊叹的是,赵俊诗歌的井喷之势,且其诗意的生长没有原地踏步,或重蹈覆辙,而是有了诗歌创作技法上的质的飞跃。第一本诗集中的"故乡情结""异乡情愫""天涯之志"的青涩之味,已然散尽,取而代之的是意象取舍的陌生化效果和诗歌内部通道的盘曲与畅通。"南美洲的树木""伤口上的汁液""金黄的老虎"都带有鲜明的西方诗歌色彩。"博尔赫斯的目光"是解诗的引线。循此线索,可以找到《老虎的金黄》之典故,可见赵俊诗歌创作内部的两条河流:其一为西方古典主义诗歌创作技巧,其二就是当代中国思想文化内涵。而且,这两者的结合是和谐而内在的,其诗歌的形式看似学院派,但其选取的意象确是紧贴时代的新潮词汇。我们皆是 80 后诗人,都痴迷《东邪西毒》,痴迷于当代光影艺术里的深邃内涵。改革开放的时代背景,注定了80 后诗写带有鲜明的中西互通的印痕。的确,赵俊从西方诗歌中汲取的养分,在进一步发酵。当然,赵俊意识到他所写的是汉诗,而不是西方美学的孽子。于是,"仓颉治下的语言王国"才是真正的诗歌语境。在打印进黑暗的密室里,正在盘算着一场盛大的复活。赵俊偏爱用神秘通道阐释他与诗歌、诗歌语言之间的关系。通过神秘通道,我们可以看到他擅长甄别、及物、冥想、诠释心灵转化。

在赵俊的想象中,现实生活只是思想的一种表达形式。而平面的生活,就应该由无数个"摩斯密码"组成。诗人的使命就是将世界经由自己的语言转换成为神秘的国度。语言与思想相邻相望,又互为解读,且融汇推进。"我甚至忘了,现在已经进入/世界化的抒情时代,一味相信/所有生活在这个时代的青年/都要经历一场人类大迁徙/比如上大学,比如去远方经商/总之,你一定要离开故乡/才显得你是个正常的人类//于是,我们要推翻身世带来的卑微感/比如,要用燕尾服遮盖灯笼裤/用一瓶地道的发蜡,打翻/所有隐藏在内心里的泥土味/也同时,要忘记村姑和小镇少女/蝴蝶结已经支撑不起/绮丽的蝴蝶梦,只有让头发变成波浪/才能顺应那些时代深处的风"(《了不起的江南赵俊》节选),譬如这首有意思的言志诗,看似"自我贴近",实际"自嘲",写出了一代人的尴尬处境。用"燕尾服遮盖灯笼裤",用"发蜡"

隐藏"泥土味","忘记村姑和小镇少女",如此看来,赵俊的"了不起",在于揭示了时代的某种虚伪内核,却又不是可以用"愤青"之忧愤和"漂泊者"之顾影自怜来评判,而是他在自己身上看到了现实的倒影。

作为评论者,我极愿意从诗人的原词中探寻诗人对诗歌的态度。赵俊写《诗人的挽联》,不仅表现出他诗人合一的决绝,更能看出他的语言观。

> 诗人的挽联极为简洁
> 语言,在生之盛宴是最美的甜点
> 在死亡面前,却失去原有的味觉
> 它在禁欲的道路上,找到
> 自己的坐标。最后变成
> 乏味的字根。镶嵌在花圈环形的走廊
> 变成刑具,成为绞刑架上
> 暗淡的魅影。我们在送别
> 一个词语的骑手。当他跌落在
> 生命的原野。词语的碳素
> 不再滋养这片土地,如今贫瘠
> 成为盐碱地。灵堂他肃穆的眼神
> 穿透音律的故乡。在制造没有修辞的
> 完美世界。那是在脱去文字的
> 黄袍。而不是穿上诗歌的锦衣袈裟
>
> ——《诗人的挽联》

"语言,在生之盛宴是最美的甜点""语言的骑手""脱去文字的黄袍"都表明赵俊注重诗歌语言的鲜活度,而不是死掉的汉语,也不是僵化的"西方典故"。他的语言观不同于韩东的"诗到语言为止",他主张语言的层次感与丰富性,用会转弯的词语构筑表层生活底下的深层诗意。在他的诗作中,许多看似花哨的文辞却带着遒劲的力量,深文曲笔,颇具有纵横家的如簧巧舌及深度审辩。如果诗人,只是技巧的研究者和使用者,那么机器人小冰创作的诗歌就占了绝对优势。因为通过数据处理,修辞与意象的使用,可以分析而得。但凡真正的诗者,都会避开"同质化"这一问题,规避前人的习惯表达,以推陈出新,丰富内在诗意。

在去同质化的路上,赵俊非常推崇陈先发的"迷宫"诗学,他说:"陈氏的诗歌,结合古典和现代意象,为诗歌提供了一种客观的实验可能性。"我们进一步看陈先发的观点:"语言在此会爆发出新的饥渴。"诗是对"已知""已有"的消解和覆盖。诗将世上一切"已完成的",在语言中变成"未完成的",以腾出新空间建成诗人的容身之所,这就是诗性的"在场"。正如量子纠缠等新的科学实践一样,困境意识作为一种写作力量,推动我们在语言实践中不断为世界构建出新的神秘性,使神秘性本身成为唯一无法被语言解构的东西,并因之而永踞艺术不竭的源头。

不难发现,陈先发阐释的观点,涉及诗歌的多元解读。一首优秀的诗歌,一定是未完成的,也一定有读者自己进入生命内部神秘通道。赵俊的诗歌,较好地解决了语言增值问题。回环曲折的意象连缀,并非是要将读者引入不可解的迷宫,而是综合了他的感官语言、读书经验、生命体验的思考。读他的诗歌,让我相信周作人的一些话:"诗的创造是一种非意识的冲动,几乎是生理上的需要……真的艺术家本了他的本性与外缘的总和,诚实地表现他的情思,自然地成为有价值的文艺,便是他的效用。"(《自己的家园》)性敏多虑的忧郁少年如今已然拥有自己独立的诗歌王国。他的国,在莫干山,在南方,在现代都市,全在自己的心里。

于此,我不能说我读懂了赵俊,毕竟,我只能观其大略。对于一位拥有蓬勃想象力以及古典审美的诗人来说,其学识和语言带有固化的危险。倘若,要追问起"赵俊为何成为赵俊?"或许,我们可以从另一个男人出发,寻些蛛丝马迹。

我生活在他隔壁的深圳
经历过无数的飞行

那些他所描述的航空食品

已变得令人难以下咽

早年塞给我的核桃仁

早已从食谱中消失

人们已修改尊贵的释义

而我们相对的时候

依然用的是旧日的标准

在这个梦里,我宁愿相信

他不是从博尔赫斯的雨中走出

他不过是一个走失者

在众多梦的版本中

只有这个版本,更让我

相信他没有死去,他只是

为寻找爱而设计了完美的逃脱

——《梦中的亡父》

"你的种类将决定我。充满我!"赵俊在《父子关系》中如是说。从《拉毛竹的人》算起,到《梦中的亡父》为止,"梦中的父亲"反复出现。我甚至武断地认为,赵俊直截了当的性情与旺盛的雄性激素,大有父亲的遗传。早慧且早熟的他,像一个男人过早地承担了重任。在他的梦里,离世的父亲是博尔赫斯《雨》的经典意象,不过是"走失者",且"为了寻找爱而设计了完美的逃脱"。这样的阐释,角度新颖,意蕴深远。正是如此,诗人心中的事物因为时空的剪裁,而达成了某种角度的永恒。这也是诗歌的神秘之处,生命时空、历史长河、人心之战,经由诗人执笔调度,既定的时空可以近距离触摸,就如《梦中的亡父》,恢复了童年记忆,抚平了现代都市生活的创伤,弥补了爱的愧疚与缺憾。这又何尝不是诗人的特权呢?

近年来,赵俊虽客居岭南,但因工作相对自由,也因诗歌的关系,他常回到故乡浙江德清。2017 年 11 月,首届德清莫干山国际诗歌节成功举行,王家新、多多、沈苇、汪剑钊、陈先发、余怒、柯平、潘维、伊甸、尼古拉·马兹洛夫、乔治·欧康纳尔、尤佳、陈育虹、史春波、池凌云、从容、谷禾等中外100余名诗人、翻译家、批评家参会。作为活动发起人之一的赵俊,为自己的故乡增添了一份诗意。那个曾带着诗意出走他乡的莫干少年,终于在诗歌的字里行间找到了尊严与自信。他像弗罗斯特一样,仍旧站在故乡的竹林里,游离于城市和乡村之间,嘲弄地看着一味盛赞山水的旧派,又戏谑地谈笑那些所谓的现代派。其实,在他的诗歌中,早已融山水于画屏,兼顾古典审美与现代生活。且看他的《航拍故乡》:"指挥这些蜂鸟啄食村庄的皮肤/每一寸风景都有了新的意义/镜头捕捉被风浇灌的竹林,亲吻/正在授粉的雌雄银杏。山顶连绵的/映山红,正在制造最大的幻觉:/何以我们从未发现这样的花朵图腾?/这些风物像是20世纪的孑遗,如今/通过现代科技的手段重返人间/在我们年久失修的记忆里成为基石/让整座乡村堡垒又度过遗忘之劫/而面临的更大危机,则是过度曝光/在被公布之后,它失去了宁静的热情……"航拍下的莫干山,一定不是唐诗宋词里的山水。也就是说,赵俊的思维方式完全是现代的,但骨子里仍有"意义""村庄""竹林""幻觉""图腾""记忆""堡垒""遗忘"等形而上的达意词。一些悖理在他的撮合之下交汇了,就如他自己——热爱远游和持守信仰兼容了。他再回故乡,诗心似乎多了一份倦怠。这何尝不是一份成熟呢?

当我们论及诗歌的现代性,我们究竟在谈什么?或许,现代性的唯一准绳是生长。赵俊的诗歌充分彰显了"互动"精神,他擅长用电影手法展示一系列静止的画面,又在整体画卷中抽掉多余的桥梁,以达到诗意的最大化。当然,凌空震翼般的想象力与去同质化的诗风,必然让他的诗歌显得神秘而陌生,贴近又难以全部解读。

——《泉州文学》2018年第5期

及物成思后的永恒静默

——福建青年诗人吴友财诗歌创作小论

一

戊戌岁首，福建青年诗人吴友财邀我作评，甚为欣喜。我们是同龄人，诗路颇为相似。我曾戏谑地说："我们的名字中都有'友'，只是你更有才。"此言不虚。阅读他的第二本诗集《围绕》，不禁在笔记本上写下：吴友财的诗歌语言质朴，常及物成思，围绕着可视生活与哲思体验，诗意螺旋上升。他忠于爱与梦的低吟，不高蹈，不虚无，而是桥接于妻女、凡世俗物的烟火诗意。他将阅读经验、生活经历灵活地运用于日常语境，其诗有自我生活与时代背景的素描，亦有灵魂叩问与雅俗激荡。

在去往不惑之年的路上，我们抉择诗意生活，乃心之所向。我俩都于2004年大学毕业，十余年一晃而过。他专注诗歌创作的时间更长，据说，他于1998年就开始写诗。他的青春岁月始终有诗歌激荡。从15岁写到35岁，曾经的风花雪月、浪漫情愫已然变成柴米油盐、苍茫内敛的求真体验。作为80后诗人，未能搭上新诗网络论坛的顺风车，却心怀诗意、蜗行摸索。继而，在微信诗歌兴起的时代，吴友财抓住了机遇，主导了较有影响力的"石竹风诗刊"（网刊）。微信诗歌发表因门槛低而泛滥、自恋，而"石竹风"有坚守，宁缺毋滥，精益求精。吴友财个人的诗歌创作也日益精进，越写越接地气,越写越有长气,将日常所见、所感融入精纯词语,这不仅是才情与热情的融合,更是一场精神的长跑,需要见识、胆识、学识的兼具,方可行至此地,并向诗意的远方无限探寻。对比诗集《野花野花》中的作品,我们可以发现,吴友财的诗歌越来越精细,作品的色泽却因情境的具体而显得愈发光亮,诗作内部的声音也因言之有物而掷地有声。

身为 80 后诗人,吴友财的诗意底色偏向西方现代诗派,具有一定的先锋性。在相当长的时间里,中国诗人沉醉于凌空高蹈的抒情,现实诗写并不起眼。如今,侧重生活内质的诗人越来越多,他们将诗意之思与烟熏火燎的生活结合,写出了灵性与层次,真正实现了剥离浮华见真味的目标,让普通词汇的非凡组合在看似雷同的生活中熠熠生辉。吴友财的诗歌创作,经历了浪漫抒情到生活内质的蜕变,在这有生命意识的重生中,诗人的语言更生猛有力,干净利落的从简意识与诗意复沓的厚重感切磋相摩,高雅与世俗、风格与传统、形式与内容互相抵触又相生相融。

二

《围绕》诗选分为四辑:围绕、完美生活、浮生辞、听命湖。四辑如四壁,构成诗人生活的立体空间。

而立之年后,诗人偏安一隅。心素就简与诗语浓淡互为观照。在萦绕爱的生活中,诗人一笔笔删去累赘的词,体验福柯的"求真意志"。从这点看,第一辑所选的诗歌,不偏不倚地践行着"高德"之诗,宣扬爱与仁慈,追求现实素描与想象的重叠,由慧眼见慧心。比如诗集的同题诗作《围绕》:"教堂周围是挤满了墓碑的墓地/然后才是马路、公园、居民楼、商业街/警察、报纸、酒瓶、狗、晚餐、散步/细雨、签证、车祸、欧洲杯、大西洋//在这里,所有的城镇都是一样的——/生者围绕死者,死者围绕上帝//生者看着死者的背影/死者看着上帝的眼睛。"好诗有很多种,但有一种好是恒定的,那就是对世界的独特发现。《围绕》就是一首大道至简、超凡脱俗、顿悟生死的好诗。他是诗人对世界、生死的独特领悟。诗人站在上帝的角度冥想,体验透彻、层次清晰。该诗内部推进完全由语言自身衍生推进，"围绕"一词恰如其分地呈现了诗歌的结构与主题；而生与死的对立统一，背影与眼睛的空间对照，寥寥数笔，写尽了生死通达、凡尘格局。无独有偶，《在梅尔顿·莫布雷的孤独》也是一首具有独特发现、内在通透的诗歌。"在这个宁静而美好的上帝的果园里/休憩的人为什么会孤独呢？"诗人客行英格兰，作为异乡人，最突出的体验源自"文化碰撞"。诗人并未对自己常住的国度进行评述，而是采用缓慢的叙事推进心灵的比对。在梅尔顿·莫布雷，诗人感受到的是宁静而美好的自然之境，可谓"清风徐徐、万物生长"的原乡。异乡人的孤独的源头则是血液因子里的躁动与异乡宁静的反差。当然，《围绕》的主心骨是理趣，《在梅尔顿·莫布雷的孤独》则加入了叙事。通过对异乡人的两次叩问，与周围事物的呈现，启迪人思考，以完成对原诗的再创作。

"完美生活"这一辑，在句法与情韵上倾向于欧化，但在取材与遣词上，却是汉语常用的即物起兴、点情染景。诗人于工作、阅读、长跑中感受到永恒静默的诗意。在名诗《礼物》的背后，那是清水心灵与理想天空的协奏。吴友财是幸福的！妻女在旁，知足常乐构成了他的"完美生活"。于是，就有了"单调，从容不迫"的生活，就有了《美好的时刻》："多么美好的一天/我吃完早饭，躺在沙发上/从沙发背后的窗户里投射过来的/亮光，覆盖了我/让我觉得平静而温暖。/多么美好的一个早晨/我看着天花板上吊灯被拉长的影子而/无所思，瞥见鱼缸里的金鱼游来游去而/懒得去喂它们，我在等待/熟睡中的妻子、女儿醒来/这是我选择窝在沙发里的/最根本理由/沙发厚厚的靠背阻挡住窗外的喧闹/也接收房间里传来的一切微弱声响。/这是一个多么美好的时刻呀/她们随时都可能呼喊我/而我已经准备好了/在这忙碌而嘈杂的/人间。"无疑，这是葆有纯真与深情的抒情诗。诗人躺在沙发上，静待妻子和女儿醒来，阳光照进房间，启封诗人与读者的心扉。那一刻，上帝之光盈满爱与期待的诗意生活。如此灵感根植于他的生活，他不止一次地写到"早晨的阳光""梦中""妻子和女儿"等，即物起兴、心感万物、心境豁亮。生活是素材库，因此，吴友财的诗具有强有力的生命内质。

诗有言志的传统，可为个人心灵自述；文有载道的惯例，应有社会担当。

耽于自我意识阐释,阻断了诗歌去往高地的路径。吴友财敏锐地发现了这个问题,他深知阳光的另一面是阴影。把目光投向众生,写就了《浮生辞》等一批关注底层生活的诗。面对生如蝼蚁的普罗大众,诗人心怀悲悯、感受大地上的疼痛,他的书写对象,不局限于凄苦的人,还有蚂蚁、狗、白鹭、娃娃鱼、枇杷树,等等,一切弱者皆在他的关注之下。比如《秋叶掉落》就是一首点情染景、借物抒情的诗作:"对面楼的一位老人去世/几个月前,老人摔伤了/在床上躺了一整个夏天/如今,她终于用秋叶掉落的方式/向我们告别/清晨,六点十五分,鞭炮声很短/'吧嗒',那是叶子与枝条脱离的声音/紧接着,哀乐奏响,喇叭的声音被压低/那是叶子在空气中飘摇着下坠/这是一片优雅的,令人心生敬意的叶子/她落在离扫帚最近的地方/远离人间干净的庭院。"这些分行,直陈了对面老人去世的现实,看似普通的题材在经过诗人情绪处理之后,变得很有嚼劲。"在床上躺了一整个夏天",如今,"秋叶落了",老人的去世内含悲愤与怜悯,但诗人没有将情绪暴露在诗歌中,而是冷静、克制。毕竟,是非曲直应由他人判断,诗可言事,不可说教。推而演,吴友财用及物冥想、含而不露的技巧挽救了许多看似"失败"的诗。

最后一辑,命名为"听命湖",侧重于诗人的内心独白,包括诗人对过去、未来、亲人、生命、诗歌、土地的倾诉,直露一颗追求平静的心。吴友财作为福建福清土生土长的诗人,其诗中关涉乡愁的较少(涉及异乡的多为游历诗),但他对土地的眷恋,仍一往情深。比如《我愿继续生活在这里》一诗:"我愿继续生活在这里/这个熟悉的国度/我熟悉她的美,也熟悉她的捉襟见肘/熟悉她的如释重负,也熟悉她车窗外/拼凑起来的,一切不和谐的风景/在这座散发着隐约的木质清香的房子里/我熟悉她镰刀悬挂的位置/墙上每一条慢慢延伸的裂纹/我熟悉在这座房子里待久了的/所有像我一样的人该得的/所有的病痛与怪癖/谁让我生于斯、长于斯呢?/安睡太平洋边,我哪儿也不想去/或擦拭陶罐,或放牧群羊/或来回奔忙,或疾恶如仇/我只钟情于这片熟悉的/土地,这片凹凸不平的/土地/我一次次地打量着/以此获得永恒的平静。"不难看出,诗人对脚下的土地,或心中的祖国怀有赤诚之爱。万物皆有裂缝,真正的爱是包容与仁慈,是不计得失的钟情与坚守。"熟悉的国度"中,必有"不和谐的风景",而诗人在开了一个"宏伟"之头后,没有一味地高亢抒情,而是有效地将"国度"具象为"木质清香的房子",由此,诗意变得清晰可感,"镰刀""裂纹""病痛与怪癖""太平洋""陶罐"等意象,将诗意切近。此为吴友财诗歌清晰度越来越高的根由,也是自我辨识的必用技法。以此观之,吴友财的诗学风格源于他个人经验"代入法",将叙事、哲思、独白、发现相融合,于语言化繁为简,于诗意且藏且露,于结构循序推进,于境界永恒静默。

三

西渡认为:"细味友财的诗,你会发现他实在是一个深情的人。也许,你可以把他看作一个操汉语的雅克·普雷维尔。"我更愿意将吴友财和切斯拉夫·米沃什、维斯瓦娃·辛波丝卡、伊丽莎白·毕肖普视为同道。

当然,吴友财,最终只会是他自己,无可替代亦不可复制。因为,习诗二十载,吴友财的诗歌已具备诸多看点:充沛的细节,丰富的想象,婉转的叙事,诚挚的抒情,以及精确的语言。他从日常生活入手,在含蓄的语调下,追求爱与纯真的表达。可以想象,健朗多情的吴友财,还将在诗歌创作道路上长途奔袭、另臻佳境。

可喜的是,我已从他的诗歌中发现新的植被。譬如,梦境。他除了倾心现实,还像是美国诗人毕肖普一样,将现实倒置于梦境。"我梦见自己飞起来了""梦中,在海边/我救下了一个溺水者""春天里的一场梦游""梦中,我垂垂老矣,行将离世""梦中,一个朋友即将离世",诸如此类,以梦境反观现实,让他的诗歌拥有更宽阔的领域。我坚信,拓宽诗歌内在畛域是每一位诗人的内在渴望。诗人吴友财,已经迈开大步,定会铿锵前行,行至更广阔的诗歌圣地。

——收入《围绕》

却道王谢堂前燕，亦留寻常百姓家

——略论蓝帆的诗歌近作

　　泛舟诗海，我们可以发现彼岸并无准绳。乌青可以用戏谑的口水颠覆传统，坚守传统的诗人自然可以凭借语言和质地固守诗歌精粹。以《乌衣巷》的意象开题，着实是因为读了四川传媒学院教授蓝帆的诗歌近作之后，脑海中浮现出的古韵而为之。诗人坚持行路，寻觅"朱雀桥"似的古意足迹，亦关注其旁的"野草花"，当夕阳迟暮时，蓝帆总能从那些传统的语境中发现新诗的美感；诗人坚守责任，她不仅关注自然生活，更将诗意的目光投向历史、政治，揭示当下中国的种种迹象，更站在民族精英的角度，审视一切"王谢之燕"。由此可以断定，蓝帆的诗意王国是建立在民族担当的博大情怀上的复古堡垒。

　　蓝帆的历史气度，扩展了她诗歌的外延。从近作《中国清明》到《日本：我不得不说的话》这一系列"旗帜鲜明"的作品可以看出，蓝帆的政治抒情诗具有史诗的磅礴之气，更有拳拳的爱国赤子之心。著名翻译家傅雷认为，"赤子便是不知道孤独的。赤子孤独了，会创造一个世界，创造许多心灵的朋友！永远保持赤子之心，到老也不会落伍，永远能够与普天下的赤子之心相接相契拥抱！"诗人蓝帆的诗作不同于红色诗歌，但却有着心系国家民族命运的大爱与诚挚。

　　从现当代诗歌的发展来看，我们往往对诗歌里的政治成分持反对态度。因为政治的虚无与诗歌之真实存在一定的悖论。诗人的精神梯度往往不受政治格局的限制,朦胧的写意与确凿的政治立场无法兼容并蓄。但万事无绝对,我们的第一部诗歌总集《诗经》,不仅是最美的诗,更是各诸侯国的民风与政治风貌的反映。在如今,越来越少的人关注的诗歌荒漠,蓝帆仍执着耕耘,写出了自己的声音,同时也为中华民族伟大复兴的"中国梦"摇旗呐喊,鼓劲助威。

> 我的羽毛落在祖国的土地上,
> 掷地有声,
> 如神奇的武器,
> 横竖都是匕首
>
> 我的羽毛可变成一只蚌,
> 流出的气息珠圆玉润,
> 色泽明朗,闪烁青光。
> 我的羽毛幻化为巨梭,
> 扯着长长的白线,
> 缝补争战的创伤。

——《我的羽毛》

20世纪80年代,朦胧派代表诗人舒婷曾在《祖国啊!我亲爱的祖国》中为祖国大地的陈旧哀叹,为民族的复苏欣慰,更为祖国的美好明天而期待。几十年过去了,"那破旧的老水车"不见了,穿梭在华夏大地的是疾驰的"动车组"。诗人蓝帆望着脚下的这片广袤的土地,不禁感叹历史沧桑变幻,更有身处当下盛世的豪迈之意。《我的羽毛》就将艾青的《我爱这土地》和舒婷的《祖国啊!我亲爱的祖国》优越配置,彰显出自己的一腔爱国热情。当然,蓝帆就是蓝帆,她要在她的诗歌中表现出东西远超"爱国",其核心写意是历史的大写意和时代的笔录。

有时,她像是一个史官,记录着这个时代的点滴。有时,她又像一个平民,用细腻的心,感知着身边的变化。正如艾青所说:"假如我们什么也没有表现,我们有了一个被遗失了的时代。"正是因为有了蓝帆这样的诗人,记录时代的不仅只有史料,还有诗歌。

出卖祖国的蠹虫随心所欲
穷凶极恶 培植党羽
企图用静音键删去大吕黄钟
涂黑中国湛蓝的天际

丑恶的灵魂忘乎所以
为非作歹 攫取万贯民财
贪得无厌
欲望无边
狂风吹不走奇耻大辱
雨水冲不掉罪大恶极

苍天悲怆
大地忧伤
黑白不能颠倒
是非不可混淆
民心所向
法度纲常
中国政党的威严
彰显摧枯拉朽的力量

——《恶虎将走向死期》

"反腐"是中国在过去一年里的"热词",从网络到民间,从政治会议到茶余饭后,人们纷纷在为"反腐"叫好。诗人蓝帆不同于政客,也不同于市井小民,她说,"泥沙俱下,谁人曾与评说/如果大海愿意宣读我的价值/我情愿把积蓄分给它/邀请星月分享我的见解"。在信息洪流中,诗人条分理析,发出属于自己的心声。她用预言召唤正直,用真诚唤醒民众。同时,也以最洪亮的声音,告诫那些虚伪的"社会恶虎"或"蛀虫"。这是诗意与政治结合的结果,是诗人肩扛责任的坚实步伐,它不同于"以梦为马"的飘逸和自然,却也道出了当下中国的主题思想。

当然,鱼和熊掌不可得兼。蓝帆在她的诗意世界里,过多地阐述了宣言式的论断,自然在这一系列的作品中,诗歌的想象力就被相对贬抑,诗歌的情韵就局限于某种固定声音。即使声如洪钟,但潜入心扉的意蕴递减。

> 七十多年前日寇铁蹄践踏我的祖国,
> 华夏大地在积贫积弱中裸露着百孔千疮。
> 二战主战场太平洋之北的天宁岛,
> 狼与狈的厮杀血腥犹在让那里昼夜不宁。
> 苏联红军进入中国的东北,
> 同胞们浴血抗日的八年争战奏响胜利军号;
> 美国的"胖子"和"小男孩儿"
> 以一声崩裂天地的巨响炸碎了日本的广岛长琦;
> 牵动世界的正义之手调控着日本的心跳
> 灭顶之灾迫使天皇无条件投降!
>
> ——《二战败将无视国际公告》

以《日本:我不得不说的话》组诗为证,面对当下国际形势,诗人剖析历史,解读当下,把日本的罪恶行径揭露得体无完肤。每一句诗仿佛铁一般的证词,确凿而严实,让人读完满腔热血,但轰鸣而过,了无痕迹。这或许是诗歌与证词,诗意与历史,诗人与政治之间难以调和的矛盾。倘若,蓝帆真要执意细数那些"王谢堂前燕",倒真可以用这样的气度去构筑一首磅礴大意的长诗,将历史与现实融合,娓娓道来的真知灼见汇成一条历史长河,或许更有史诗的价值。

　　陆游在《冬夜读书示子聿》中有言："纸上得来终觉浅，绝知此事要躬行。"从蓝帆的诗歌作品中可以看出，她是一个极度关注时事的诗人，网络信息经常成为她创作的素材。当然，她绝对不是一个纸上谈兵的裹脚诗人，她更有"行万里路"的创作习惯。四川省是诗歌繁盛地之一，自古有太白"渡远荆门外，来从楚国游"的壮游，亦有少陵避难落至"草堂"深处。摆在写作者面前的有两个世界，一个是向外的大千世界，另一个则是向内的心灵世界。蓝帆更倾向于向外探索，从中国的传统文化里，从祖国的大好山河里，从前辈们的诗意国度里，萃取诗歌智慧。

　　诗人行走在幅员辽阔而又底蕴深厚的华夏大地上，沿途的风景成为她诗意世界的又一道亮丽的风景线。蓝帆立足巴蜀，南及潇湘，西北至嘉峪关、莫高窟，那些本身就是诗意的名胜古迹又在诗作的妙笔下焕然一新。

　　　　九寨沟　你何止有多姿多彩的湖面
　　　　九寨沟　你变幻着植物表情引来动物依恋
　　　　九寨沟　你是一步一景气势宏大的画卷
　　　　九寨沟　你是巧夺天工 没有刀砍斧凿的天然奇观

　　　　你啊 九寨沟
　　　　你凝固文人墨客的才情灵感
　　　　你的非凡　暗淡了所有的灵动
　　　　诗人的文字多么美妙
　　　　在你面前竟然出现词语的空白

　　　　这里的瀑布
　　　　洒下粒粒珍珠　颗颗碧玉
　　　　它们点缀了湖水中的裸浴的木材
　　　　这些纤细的身姿 任碧水穿越 水波爱抚

参天的林木　昂首观云　侧耳听风

花海低吟浅唱　情话大胆表白

——《九寨与沟黄龙媲美》

　　山清水秀的九寨沟在诗人笔下娟秀而灵动。诗人擅用铺陈的抒情排比表达自己内心的倾慕,把自然山水的美化作一种心灵感动,传递给每一位读者。我们似乎可以在这隽永的诗歌中获得一种高尚的审美情趣。南朝时期的隐士陶弘景就曾经说:"山川之美,古来共谈。"蓝帆的行吟诗不仅是对自然山水的赞美,更是对传统文化的传承和开拓。在《三苏祠留墨》《黄鹤楼寓言》《嘉峪关言情》《滕王阁里忆王勃》等诗作中,均可以看出诗人饱读诗书,将古韵写成新意的愿景。

大吕黄钟

黄河之水天上来,奔腾到海不复还

惊世骇俗

飞流直下三千尺,疑似银河落九天

神来之笔

巧出神入化

独出心裁

诗人的聚会

在你诞生的青莲乡垅西院抚摸你的诗句

在你熟睡的石前和饮酒的河边久久徘徊

你的诗在长叹

那些飘在月下树梢的诗句让人心酸

——《人去楼空》

　　在行走的风景里,诗人企图重构文化概念。她把那些束之高阁的文化表征还给普通的民众，以通俗的语言解构深奥难懂的文言典故。"我为诗人招魂/归去来兮/我把李白交给乡亲/还有那片云彩/带走了明黄色裙子/飘然如翅的两袖清风/还有一道系着掌声的风情。"《人去楼空》中，"穿越"在现实与历史之间的感悟，将时空的界限打破，自我筑巢的诗境再现在错落有致的长短句里。

如果说，历史气度和地理维系是蓝帆诗歌里并行的两条煌煌大道，那么那些来自日常生活的写意则是大路两边的"野草花"，它们星星点点，遍地铺开，有矢车菊，亦有木槿等。它们是拥挤在秋稻田间的一溜小花边。这些最朴素的事物皆是建立在那片最熟悉的生活领地上的遗落珍珠。

荷叶上泪滴晶莹
水面寂寥　无奈在冷艳里
风来了　失魂落魄在湖中
那飘落的心事　无法打捞
托付芦苇　安慰一池疼痛

已旧的窗纸　被反复撕破
无家的梦　还在遥远的路上迷信
风平浪静　看不出草丛深处的腐烂
风吹草动　堆积的丑陋便浮出水面
同样的剧情　气候适宜再次故伎重演

与美妙朝夕相伴
变态被轻狂扭曲　遗失了珍惜
索贿受贿的　从伪装遮掩到兼收并蓄
邪气窜皮后入肉　借纸包火
笑纳霉烂的植物投怀送抱

兔子用恬不知耻　嗑碎了字典里戒律

于是　肆无忌惮地啃食窝边草

键盘之舞　击碎了洋装国粹的破罐子

苍蝇抱着有缝儿的蛋　向偶腥臊

吹牛的和说谎的平平仄仄

组成物与类聚的韵脚

——《芦苇静观》

　　《网络诗选》选发了蓝帆的一组诗歌,题为《凉山——华彩芬芳的彝地风情》。其中这首《芦苇静观》写得意蕴深刻。诗人静观一片芦苇,像当年王阳明面对一棵竹子一样,格物致知。她看到了苇丛底下那些细微的疼痛,这是由表及里的抽离,更是诗歌常用的"物化"技法。在那跳跃而不拘一格的诗语中,流露出诗人辛辣的讽刺。当然,诗人倾心倾情的土地可以是泱泱大国,亦可以是脚下的立锥之地;可以是文化中国,亦可以是凉山彝族地带的风情。蓝帆继续用她的诗歌表达着她对这片土地的热爱。《走婚人已走远》和《南丝绸之路》这两首诗歌里流露出的对"见异思迁比秋扫落叶还快"的批判和对"南丝绸之路马队"的赞许,让人领略了诗人的爱与憎。由此可知,兼容并蓄并非没有立场,或许我们可以从蓝帆广阔的诗歌视野里,寻找到一个诗人的执着追求,那就是:专注脚下的土地,忠诚于我们的生活。亦如蓝帆自己在《诗人之辈》中的表述:

诗人不是闲云野鹤

诗人不是卖弄风情

诗人用词语守望家园的美丽

诗人用文字护佑民族的安宁

不是等闲之辈

才有上下求索的身影

祖国的前途和诗魂息息相关

我们和母亲、诗歌和人民唇亡齿寒……

　　诗人蓝帆著作等身,视野开阔。读她的近作,仿佛在见证并重历时代的
行走,她极力向外拓展延伸,同时又注重内在的反思重构,推陈出新,古韵新
生,让我们看到了一个雅俗共赏、高低皆就的诗人姿态。而这种选择是值得
尊重和敬慕的。

　　蓝帆的可贵在于,诗情不随年龄而暮气沉沉,她的激情老而弥坚,她身
上体现出来的创新意识就像开年的传统大戏一样,鼓点喧响,欢声震天。新
作《马踢飞了日子》是她实验性文本的又一佐证。2015 年是羊年,诗人借生
肖年的特征,从马年巧妙过渡到羊年,激情饱满地把除旧迎新的喜悦情怀淋
漓尽致地表达出来。

　　　　马踢飞日子不容分说
　　　　最后的晚餐豪华着金光
　　　　带不走的细软存在电脑里
　　　　留给我的信物在梦里藏着
　　　　日子有时被朝霞举得很高
　　　　有时被外伤撞得失血
　　　　我难过时就和不要钱的风诉说
　　　　它吹凉了心事　送走了病
　　　　马年我的肩膀多次说疼
　　　　疼是来索取爱的
　　　　右臂不适　左肩是好的
　　　　马踢飞了日子　羊用吉祥守护我

　　　　　　　　　　　　　　　　——《马踢飞了日子》

　　这首诗,既是一份诗意的年终总结,也是迎接新岁到来的自信献词,在
诗人蓝帆看来,任何珠光宝气的奢华都是可"怨"之物,唯有"存在电脑里"的

"带不走的细软"才是人生最宝贵的财富,而这样的美好事物,正被她创造、拥有和守护,因此,即便身体不适,疾病顽固,但心中有爱,人生有诗,一切都是美好而值得向往的。祝福她拥有这样的乐观,并且持续地书写着这样的乐观,而乐观,正是诗歌赋予生命不可或缺的美学本义之一。

读评篇

用文字呈现一个立体的西藏

——读《西藏文学》创刊 40 周年作品回顾展专刊

关于西藏的一切，似乎都是那样神秘别致。自然之中的蓝天白云青稞以及褐色的远山，远山戴上雪帽，好似奔跑的雪豹。生活在雪域高原上的人们，精神世界同样处在高原。《西藏文学》较为集中地展示了涉藏人群的生活状态。他们用文字记录着近 40 年的点滴变化，表达着人类的精神渴望，同时，也揭示了全球化语境下西藏文化生活与内地文化的融合与变迁过程。

近年来，有不少反映藏地文化生活的文艺作品：何马的十一卷本《藏地密码》成为炙手可热的畅销书，一定程度上是因为读者对西藏原始文化充满想象；索甲仁波切的《西藏生死书》充满生存智慧，影响广泛；著名作家阿来、宁肯的小说作品中，都有对藏地文化的介绍。当然更加直观的影视艺术同样也不缺精品，诸如前些年的《转山》，近期由张扬导演的两部电影《冈仁波齐》和《皮绳上的魂》。正如张扬导演自己所说，拍下这些电影是为了让后人知道曾经还有一群这样生活的人们。

藏民对自然的敬畏、对神祇的信仰、对来世轮回的渴盼，让他们从善如流且豁达热情。在阅读《西藏文学》创刊 40 周年作品回顾展专刊时，读者不仅感受藏地文化，更能感受文化融合的共生共荣之美。尤其是军民合作以及原始藏民和援藏人群、进藏旅行的游客相互融合的故事，既有由内而外的宗教文化呈现，亦有以闯入者身份、异乡人眼光审视西藏的比较观察。于是，呈现出一个立体的神秘西藏成为必然。

此次专刊,择选了20世纪80年代以来发表的精品小说19篇,散文25篇,诗歌38组。其中不乏名家,有写作《冈底斯的诱惑》的先锋小说家代表马原,亦有藏地优秀小说家扎西达娃、次仁罗布、万玛才旦等;散文写作名家有毕淑敏、高洪波、子嫣等。作为小说家、心理咨询师的毕淑敏曾经在西藏阿里地区担任军医十余年,写作一篇《金字塔的祖先》,以示怀念;西藏本身就是诗意的,她每时每刻都在召唤那些虔诚的朝圣者。关于西藏的自然之诗,永远也难以书罄,此刊中节选的诗歌以当地诗人为主,也兼有名家昌耀、翟永明、叶舟、阿来等的名作。

　　从写作风格上看,择选的小说侧重讲述西藏故事,散文侧重文化与情感,而诗歌的抒情特色依然鲜明。

　　先锋小说家马原的《叠纸鹞的三种方法》原载于1985年第4期,与名作《冈底斯的诱惑》发表于同一年。但是《冈底斯的诱惑》是他的代表作,小说以几个外来的年轻探求者在进藏后的见闻,写出了冈底斯高原神秘的风土人情,并且借助独具一格的艺术手法,微妙地传达了西藏神话世界和藏民原始生存状态对现代文明的"诱惑"和这种诱惑的内在含义。《叠纸鹞的三种方法》在叙述语言上,带有明显的生活痕迹,具有口语小说的特色,同样以进藏到电视台工作后的生活为描述对象,全篇看似结构松散,但语言底下蕴藏的文化河流是一脉相承的。比如独居老太对猫的呵护,以至于自己饿到骨瘦如柴和藏民对狗的保护,都体现了藏民对生命的尊重,而藏族姑娘纯洁的笑则是人性之美的写照。另一条线则是小说家"马原"、画家"新建"、中新社的"刘雨",他们是闯入者,是西藏文化的旁观者,在他们眼里,神秘的西藏是多面的。"叠纸鹞"是小说呈现事物的象征,由此可以说,马原认为呈现小说核心,可以是"条条大道通罗马",无须偏狭单一。马原的小说的确看似松弛、自由,但精神内核却达成了完美统一。

　　扎西达娃的《西藏,系在皮绳结上的魂》是一篇讲究叙事技巧的小说。扎西达娃是西藏当代文学的奠基人。早在1985年,他的魔幻现实主义小说引起了当代文坛的巨大关注。张扬导演看到其小说的独特魅力,糅合《去拉萨路上》改编成电影《皮绳上的魂》,故事中人物鲜明,塔贝是一位杀生无数的猎人,在扎妥活佛的启迪下,他走上了自我救赎的道路,去往莲花生大师的掌纹地;小说中的女主角嫦是孤独而有爱的牧羊女,她的陪伴让塔贝的寻找之旅充满生命的原始力。当然,与改编后的电影比较,《皮绳上的魂》的故事性更强,塔贝起死回生后,带着天珠去掌纹地完成自我救赎。一路上,他的仇人占堆和郭日兄弟始终寻踪复仇;还有小说家格丹如影随形,追寻着塔贝的足迹,令他沮丧的是:凡塔贝所经之地,人们皆有意忘却。最后,在扎妥活佛闭关之地,格丹明白了所有人、所有事、所有小说某种程度上是神的虚构。这是一篇宗教意味浓厚的小说,探究时间与生命的奥义。皮绳结上的魂,既是古人结绳记事,又是在自问生命的意义。原著故事套故事的方法增强了小说可读性,而改编后的故事更融入了爱与恨、善与恶、迷失与救赎、放下与命定等元素,让原作更加充盈。

次仁罗布的短篇小说《杀手》,刊发于《西藏文学》2006年第4期。一经发表,即被《小说选刊》转载,并入选了《2006年中国年度短篇小说》和《2006年中国小说排行榜》,后来获得西藏"第五届珠穆朗玛文学奖"金奖。《杀手》讲述次仁罗布驱车去阿里的路上,搭载了去萨嘎县复仇的康巴男子。康巴男子要去寻找杀父仇人玛扎。海明威的名作《杀手》也重在细节呈现,在语言的短兵相接处见到小说的内核。次仁罗布的《杀手》能大获成功是运用冰山理论的结果。康巴男子的杀人意图非常明显,他究竟能不能复仇成功是小说的悬念,以至于次仁罗布自己都改道折回去探寻结果,读者随着旁观者的讲述,康巴男子和仇人玛扎的搏杀近在咫尺,但同时玛扎的生命颓然最终化解了仇恨。小说的结尾更是奇诡神秘,满足了读者心里的复仇期待。小说家采用梦境杀人的方式,做了另一种可能的续写,达成了某种程度的圆满。

作为著名导演的万玛才旦,拍摄了《塔洛》《静静的嘛呢石》等电影名作。同时,他还是一位出色的小说家。他翻译的民间故事集《西藏:说不完的故事》体现了他对藏族文化的精通。当我在离开拉萨的火车上细细品读这本诡异故事集时,我深深被其充满哲理的智慧所感染。书中通过"如意宝尸"诱惑德觉桑布开口说话而讲的奇异故事,皆是追求真善美的大仁大爱。且讲故事的手法复沓重叠、循环开启，让人感到岁月的魔力和"尸语"的奇妙。阅读万玛才旦的这本小书，可谓历经一场奇幻之旅。收入在《西藏文学》回顾专刊的短篇小说《诗人之死》就像是在解读一个谜团。小说讲述诗人索南达杰(笔名杜超)的自杀真相。小说叙述流畅，诗人杜超既才华横溢，又备受生活困扰，他年轻的生命追求尊严，又一点点被世俗所蚕食，最终在懊悔与沮丧中成为"疯子""凶手"。小说家万玛才旦用悲悯且求真的态度呈现了诗人心灵的挣扎，真正做到了诗情与世情的融合。

　　《西藏文学》创刊 40 周年专刊，汇聚的作品皆为精品，是西藏文化一次集大成的展览。正如诗人洋滔在《雪山》中写道："沿雪山曲折小径/随意剪取一片原始风景/储入心灵底片/一生也洗不掉旖旎的芳香。"雪域高原的自然风景既是永恒的，又是变换无穷的。在离天最近的高原之上，云雾缭绕山肩，像哈达在身，而藏民们的精神世界更是丰富无比。每一篇文字就是每一颗心灵，他们用眼睛观察，用心灵审视，用文字记录下那些关于西藏的美好瞬间。或梦境或真实，一个立体的西藏就呈现在美好而永恒的文字里。

形似的真实，在汉语的尽头

——评刘震云新作《吃瓜时代的儿女们》

　　耽于梦幻是吃瓜，吟哦诗与远方是吃瓜，过分慕求幸福是吃瓜，贪图安逸是吃瓜……从某种角度看，我们都是吃瓜群众，一心把希望寄托于"他信"，未曾发现身处尴尬境地，终成时空棋子，无法抵达本心。阿甘本在《幼年与历史》中阐释了一种对峙状态："……权势经验对道德经验的抵触。曾经坐在马拉临街车上学的一代人如今面对空旷天空下的乡村，除了天空的色彩一切都变了，在毁灭和爆炸的洪流般的立场中，是那微小、脆弱的人类的身体。"时代变幻，今日不同往常，陈旧的经验难敌网络洪流。藏于肉体的欲望，真如冷铁。它与繁乱的骗局相扣相撞，忍不住让人困惑：究竟是本性如此，还是时代造成？

　　暌违5年，刘震云继出版百万畅销力作《我不是潘金莲》之后，又推出了长篇小说力作《吃瓜时代的儿女们》。他巧用蒙太奇手法，窥探时代真相，把农村姑娘牛小丽、省长李安邦、县公路局局长杨开拓、市环保局副局长马忠诚这四位素不相识的人物拧到一块。小说围绕"骗局""巧合"展开，人物命运交织成当代中国的世相图。究竟什么是真实，必须穿过语言隧道，于语言的尽头，发现扑朔迷离的真相。以前，人们探索人性。如今，人们更愿意探索人性形成的根由。毕竟，你看到的真实，无论他多么像，世人告诉你多么真，甚至你已然信以为真，但那仍然不是完全的真实。人类由赤膊相见到衣衫褴褛，从若隐若现到西装革履，从鸡鸣狗盗到彬彬有礼，从严打执法到信息犯罪,你若愚钝,必成傀儡。随着物质、精神、政治文明的提升,人类野蛮的本质并未改变,反而愈演愈烈。

小说家刘震云擅长针砭时弊。他有犀利的目光,宽阔的视野以及一针见血的思想。他笔下的人物总是烟熏火燎、紧贴地面,思想指向却至深至上。故事背后的情理更是经由他反复琢磨后的真知灼见。小说深度剖析了文明背后的深渊以及人性深处不可调和的矛盾。他借巧合、荒诞,反讽现实。在语言的尽头,有形似的真实。倘若你有一双慧眼,拨开云雾便可见青天,真相尽显。毕竟再复杂的事物也是有情感和理路的,只要像剥笋一般,层层递进,一定可以明白荒诞表象后的真实。

从叙事结构上来说,《吃瓜时代的儿女们》与《一句顶一万句》《我不是潘金莲》皆不同。《一句顶一万句》采用的是出走与回归的结构,以延津为原点,杨百顺一代的出走与牛爱国一代的回归,在时空和地域上画了一个圆圈;《我不是潘金莲》采用的是层层递进、逐级扩展的结构;《吃瓜时代的儿女们》采用了《水浒传》式的人物汇集结构,虽然只有四位主演及若干助演上台,且布景各不相同,但参与小说情节大展的还有"我们认识的所有人",或说是吃瓜群众。

小说分章叙述人物故事,且可以独立成篇。素不相识的人因为某个触点,瞬间收束,像是用方便袋购物,抓住拎手,所有细节皆成囊中之物。令人深思的是在三个部分中,有两章题目为《你认识所有人》,内容为"一年过去了"。依我所见,这诗意的跳脱,隐藏着巨大的空白玄机。从书名看,本书主人公是吃瓜时代的所有人。牛小丽、李安邦、杨开拓等人的丑行被暴露是巧合,而我们认识的"所有人"的丑行与欲望或浅或深地被遮蔽在日常表象中。而且,吃瓜时代所有的人像马忠诚一样逃脱丑行暴露的原因,又或阿 Q 自欺的原因,不是人类本身的内心纯正,也并非是法网的疏漏、情理的难处,而是真相本就是一场骗局,所有人都受制于这形似的真实。

牛小丽可谓是当代中国民众的缩影。她坚韧、朴素,做事雷厉风行、目的明确。勤劳、善良是她的本质。但她的悲剧命运令人扼腕。一切都要从骗局说起,也旁窥本心。牛小丽在上初中二年级时,因在父亲离世两月后目睹母亲与他人苟合,而驱逐母亲出家门,终生未再见。刚烈正直的她独撑门户,在自己将要嫁给冯锦华时,决意要给哥哥牛小实买个老婆。她借款十万元,落入了宋彩霞的骗局。头脑单纯的牛小丽,由此跌入深渊,难以濯足。当她在车站误认母亲时,其内心愧痛得以彰显:牛小丽寻找宋彩霞的过程与杨百顺(吴摩西)的寻觅、李雪莲告状的过程是一致的。他们都是为了打开心结、救赎心灵。那份倔强、坚韧正是刘震云笔下的中国民众的写生。然而,事过境迁,牛小丽的沦落则写尽了经济浪潮对道德底线的冲溃。

俗话说,人性是禁不住考验的。牛小丽的沉沦符合"万有引力定律",她一面深陷寻找"宋彩霞"而不得的困境,一面又受到苏爽的利诱。更主要的是当她身处异地,本以为无人知晓、可暗藏瑕疵,这本是琐屑一生可以包容的黑点。撇开苏爽、傅总背后的权钱交易,牛小丽只不过了为了走出困境,"多交了十个男朋友"那么简单。从她回到镇上开了"小丽小吃",且生意红火来说,牛小丽从未变质。她只是中国一个普通的百姓,她可以叫牛小丽,也可叫宋彩霞,还可能是康淑萍。但因为裹挟在一股洪流中,她成了"吃瓜网民"心中的娼妇,成为揭露贪官污吏的"圣女",成为几个素不相识的人组成的爆炸消息的引线。事实上,她只是一个无奈的、颇有几分姿色的村妇——牛小丽。

小人物的命运总是难以自控。他们只是时代洪流中的漂木。那么大人物呢?类似省长李安邦、县公路局局长杨开拓。他们身居高位,有权有势。但事实上,李安邦的官运最终只能交给"一宗大师"。刘震云在刻画省长李安邦这个形象时,侧重于刻画他的焦灼状态。李安邦一路官运亨通:从最小的农技站做起,因政策上的巧合,一举成为副县长,尔后平步青云,提拔了省公安厅厅长段小铁、某市市长宋耀武,也树了一个政敌朱玉臣,背后还有一个贪婪的妻子康淑萍、一个逆子李栋梁。围绕着"省长上位考察"展开的叙事,有去粗取精、心惊肉跳之感。李安邦因图朱玉臣在考察组领导处说好话,一直想寻找机会化解积怨。于是,他借下乡考察之机,讨好朱玉臣的父亲,结果却"马屁拍在马脚上",以至朱玉臣大怒;而宋耀武被双规,段小铁有点心猿意马,李栋梁酿大祸,在升迁的节骨眼上,他面临着三箭镞心的困境。不算前因后果,李安邦的处境和牛小丽寻找宋彩霞而不得的情况相似。他们身陷无奈之中。而解决问题的方式竟如此荒诞:牛小丽装处女骗人,李安邦的消灾之法却是找一个处女(破红)。由此,李安邦与牛小丽被千里一线牵,交织在一起。县公路局的杨开拓的违法乱纪行为的暴露则是因为彩虹三桥的炸塌。因为网络媒体的力量,他瞬间成为"微笑哥""表哥"。刘震云所用的这些荒诞故事,读者或多或少地可以从现实生活中找到原型。如此,佐证了他的"现实远比想象要更加荒诞"之说。杨开拓与牛小丽、李安邦扯上关系,则也完全出于巧合:在双规期间,杨开拓的手机屏幕上显示在"哥 千金 速来"。读完,故事情节让人啼笑皆非,掩卷沉思则是悲从中来。刘震云声称:"知识分子要像探照灯一样照亮民族的未来。"如果说,藏在牛小丽、李安邦、杨开拓背后的人物命运荒诞而离奇,那么在巧合背后仍然遮掩了无数丑陋、粗鄙的事情。或许,巧合只是命数里的一部分,顺着巧合这条引线,顺藤摸瓜,我们每个人皆可摸到时代与自我的命脉。

依目录可见,刘震云在第一部分的末尾用附录的形式交代了以上三人的隐秘联系。继而第二部分仍是前言,仍只有一句话"前言:你认识的所有人"。第三部分"正文:洗脚屋"则侧重讲述马忠诚与洗脚屋的故事。

行文至第二部分,无数网民都在看笑话一般品鉴着牛小丽、李安邦、杨开拓的故事,就像是猛追《人民的名义》。在小说家看来,当下时代所有人仍像鲁迅笔下的中国看客,喜好隔岸观火,但其实每个人都是故事的主角。细想,你又何曾没有过无奈、惶惑、堕落、虚掩,又何尝不是添油加醋、火上浇油的拾薪者呢?在所有人都沉醉在反腐倡廉、逐梦扬威的狂欢里,与世无争、韬光养晦的市环保局副局长马忠诚的独幕戏上演了。他图安逸、懂常规,本无上进之心,但分享了反腐的福利,官位升迁,于是举家去短暂旅行,看"自由海神",可是巧合又至,因单位有事,紧急召回。又因离开车尚有余时,而入洗脚屋,当他一步步深陷后,才发现他是瓮中之鳖,早已入局。经瘦猴开导,马忠诚倒是用精神胜利法开导着自己,因为他与"省长李安邦"终于扯上了联系。如此不堪的想法以及康淑萍的悲剧命运,让人不寒而栗。吃瓜时代的人们,究竟要怎样才能走出"洗脚屋"里的窘境。小说家刘震云并未给出这个社会学家才能给出的答案。

清代余怀曾说："此即一代之兴衰，千秋之感慨所系，而非徒狭邪之是述，艳冶之是传也。"《吃瓜时代的儿女们》，看似有"狭邪、艳冶"之气，却于简朴大成的故事下藏有时代兴衰之慨叹。作为小说家的刘震云，不只追求写荒诞的故事，更追求客观地反映时代及人性的现状。在他的小说世界里，肉眼所见并非完全真实。我们需要沿着他的精神轨迹，看到语言的尽头，毕竟那里才是民族的过去与未来。

——《中华文学》2018 年第 2 期

雅言与轻信

——评文珍小说集《柒》

　　青年小说家文珍是国内首个创意写作专业的研究生,师承曹文轩,学成于北大中文系。其小说以技巧平衡、语言扎实见长,知性与感性互为砥砺,构成了一道靓丽的风景。

　　小说集《柒》是一本恣意又节制、专注且散淡、清新而端然的好书。它延承了《十一味爱》的爱情主题,进一步探讨当下时代,尤其是城居者内心的孤独心语与绝望处境。她执意让诗意生活回到日常语境中,对中国当代小说语言的"雅趣"做了切实的探索。

　　七个爱情故事,"契阔、起念、相悦、绝境、坐误、时间、他者",多维角度,多元爱恨。文珍的爱情观里,自然为上,本性使然。叙述者更带着一份灵魂的狂热与"上帝的诗学",观世相,悟情理。正如诗人张定浩所说:"文珍笔下活跃着的众多卑微者,与其说是挣扎在大城市物质生活的压力之下,象征或揭示着某种时代表面的群体遭际,不如说,他们是挣扎在爱的匮乏之中。可能比时代单薄,却比时代更永久。"文珍,是在以爱情的浪漫讽刺世俗的苍茫。

爱情的温度与深度

　　文珍写爱情,关涉日常生活的平衡。小说《夜车》获上海文学奖。这是一个温暖的悲情故事。肝癌晚期的老宋和妻子一起乘坐 K497 去往"流放地"加格达奇,寻找理想中的小木屋,半路乘夜车折回。他的遗愿终未实现。他们面对生活、死亡的态度,让人看到生命的无常与高贵。文珍擅长现实情境的再现。刚入篇,小说对绿皮火车上的情形进行了"现实主义"的摹写,吸烟处的"大爷"以及夫妻之间的对话,味淡却桥接现实。随着火车行进,老宋的过分"抒情"与"我"的隐忍相抗,进一步激发了矛盾。原来在平静的语调中潜藏着夫妻的日常琐屑,争执为多。虽不见推手,却高潮随至,残酷的"离婚"闹剧铺在读者面前。文艺的女主因为不满生活的庸常,在日记里虚构了"初恋男友"的旧情未了;与之对垒的是,老宋竟以此为由,声称自己有"肉身外遇"。真真假假,男男女女,虚虚实实,虚情与真欲互为芒刺。究竟是女人决绝,又是离家,又是绝交,直到老宋身患绝症。小说主线的跌宕起伏,紧扣读者心弦,行文节奏明快,以爱恨为中心的乱麻被死亡一梳而顺。即使在老宋的追悼会上,女主仍在寻找那个耿耿于怀的可真可假的"情敌",但最终留给读者的是"爱啊不爱啊赢啊输啊什么的也没有那么重要了。就像加格达奇。人世间有些事情往往就是如此"。阅读者从小说中体会到的不仅是"他人故事",更是自身对爱的畛域的感知与体验。或许俗世夫妻都会经历"一哭二闹三上吊"的荒唐场景,但可贵的是:在彼此心底,仍然没有放弃对真爱的求索。由此,文珍的爱情艺术,起源于烟熏火燎的生活,却钟情于爱情本身的浪漫与忠诚。这是文珍作为小说家的温度与深度。

收入《柒》中的其他六篇,皆以爱之名,叙写生活。《牧者》写师生恋,《肺鱼》写婚外情,《你还只是一个年轻人》写生育恐惧,《暗红色的云藏在黑暗里》写"假爱情、真利用",《风后面是风》写分手后遗症,《开端与终结》则是关于移情别恋的故事。这些故事的出发点都是"爱",但都超越了情欲范畴,是世间孤独者对美好情感的渴望与受挫。不管悲喜,因为人间有了对爱的痴迷,才使得小说中(或说生活中)的人物拥有了精神上的圆润与丰沛。从某种角度看,文珍的小说不仅是"绘世图",更是关于爱的劝慰。

"最古典的表达方式也是最直接"

文珍是我见过"中西合璧"做得最好的青年小说家。她的故事直接、唯美、沉潜。她对小说传统的继承笃定且去粗取精。读小说集《柒》,可见她的博闻强识与明理通达,几乎在每一个小说里都裹藏着她朴质的生活见识与阅读趣味。

"最古典的表达方式也是最直接",此句出自于《肺鱼》。原文虽然是阐释爱情的表达,但我沉迷《柒》的阅读时,一直在思忖着文珍的"异质"。当我遇到这句话时,确有"刚好"之味。现实纷繁复杂,情迷意乱的情形也时有发生。文珍对爱情的阐释古典而直接。她写女性心理,写现实场景,写断然情味,写男女情欲,写经典与现实的关系,读者可以强烈感受出语言底下的韵味。可以说,文珍的小说是"手术刀"与"治愈术"的完美结合。

在简繁处理上,《牧者》《肺鱼》《暗红色的云藏在黑暗里》堪称典范。彻悟则简,断无旁逸斜出;引述材料,紧贴人物志趣,常与主题相应和。文珍小说的人物关系并不复杂,多数在三四位男女之间。《牧者》刻画了完美至善的孙平形象。他对学生徐冰的厚爱与扶掖,全然出于惜才。徐冰与孙平之间惺惺相惜、单纯美好。孙平为人清高、朴质,器重徐冰,并且为她去哈佛留学而放弃了自己晋升的机会。这样纯真而美好的一段感情寄寓了文珍的"知己之爱",但现实仍留残缺,就在临别之夜,长廊里的灯光下,这段"天山雪莲"般的情义可能被张教授的"现实拙眼"看成是苟且之事。文珍总是在关键时刻,让自己的古典浪漫"硬着陆"。《肺鱼》是爱情寓言。"虾"和"鱼"的爱情,注定是不伦不类的。正是因为"现实无言","他"成了纵欲的出轨者。这种"烦闷的窒息"让故事偏离纲常伦理,也让"他"和虾的情感变得扭曲而真实。最终,在"凡凡"的愤怒中道明原委:"我和她,其实都不是肺鱼,却被你埋进土里。"此为文珍笔下的又一种"现实之爱",即使貌合神离,互相伤害。《暗红色的云藏在黑暗里》的"对突性"最强,也是小说集《柒》中涉及人物关系相对复杂的一篇。极慕名利者薛伟虽然在画艺上有一定的造诣,但他与曾今的处世态度全然不同。一急一缓的相交与分离,正是两种人格互为参照。可贵的是,在清晰、直接的现实表达背后,文珍并没有给予道德评判。薛伟对曾今的利用,一直是明了的,只是曾今"自以为是的善良与优越感"虚构了一场"志同道合"。事实上,薛伟是现实艺术家,而曾今是年轻的浪漫艺术家,画风即是行事风格。暗红色的云与黑暗只是同一类型的不同程度罢了。正如后记《行云作柒,止风入水》中所说:"七篇小说里,也全都是我失去的时间。它们对组成我本人如此重要,几乎和做过的梦一样不可复得。"薛伟教给曾今的,正是"曾今"成为"曾今"的必需养分。故事中的每个人,每段经历,都是为充盈人生而准备的。或者说,"一个人在世界上如何成为他自己",对错无须断定,恰是人生遭逢。

诗性与日常是汉语的光辉

文珍说,她是一个轻信的人。小说家究竟要信什么? 理想,还是现实? 年轻的文珍仍然相信世间的美好多于惨淡,仍相信传统的诗性与汉语本身的光辉,仍相信真实的日常与"文以载道"。相信《柒》的读者,可以毫不费力地感受到文珍用语言营造的诗意。

诗人欧阳江河在《柒》的发布会上说:"文珍的小说和诗歌综合构成了诗意的探索。她的小说有非常结实的内涵,而且也有文学之外的大问题,就是那种伦理的、女性主义的东西、知识分子的深入思考和追问,但是又很得体,没有走极端,没有深到好像是原问题的深度,它还是始终保持和文学的微妙联系。"

《风后面是风》,取题于海子的诗,讲述女主分手后的心绪。忧伤而沮丧的情绪萦绕在字里行间。若问失恋何态,大抵就是"风后面是风"。按照往常,这是一篇加缪式的"局外人"的心绪揣摩。文珍心中的"美好的恐怖"就显现了。她在小说中,不间断地引用女主"发小"发来的"冷嘲热讽"的关爱。"发小"之语,不仅淡化了失恋的伤感,也给读者带来温暖。小说结尾的"笃笃笃"敲门声以及"案板上的蒜、牛肉和香菜,辣椒",生活美好的希望依然在于"日常"。

《开端与终结》中的沙漠综合征的写意,以及季风的反复性移情别恋,直接阐释了文珍关于爱的哲学:无论贫富贵贱,爱就是不断求索。季风讲述着她的爱情故事。她结束了与小刚的异地恋,投入了萧元的温暖爱巢,终又在平淡日常中消磨了爱意,红杏出墙于许谅之。爱情,或许就是现实荒漠中的人造绿洲。而"这个被我们闯入的、没有开端与终结的沙漠世界,有时下雨"。

借喻与消解是文珍小说的惯用思考方式。她的现实主义写作与浪漫主义意蕴对冲却平衡,有时,密匝匝的对战在不动声色的潮涌下化解。此为她小说的广阔与从容。而语言则是桥接故事与学识、肉身与精神、小说家与读者的中枢。评论家张莉说:"语言是重要的流通方式,是承载小说内容最重要的器物。"文珍的小说语言是面向传统的先锋,毫无西方小说的腔调。她将最庸常的生活、最本质的联想、最练达的写意容纳在汉语的容器里,真正彰显了汉语的高度。

你究竟为谁而活

——评但及中篇小说《玛瑙》

多年以前,我单位的领导给每位员工发了一本书,书名是《你为谁工作》。这是一件有意思的事。领导企图让员工明白:自律地、出色地完成工作任务,是为了实现个体的人生价值。但我却从这当中看到了岔路。有时,人们竭尽全力在单位、事业上表现优异,反倒迷失了自我。他们表面为自己效力,但实际上南辕北辙,为一些虚无的东西而活着。

活着,很日常,也很哲学,其中藏着悖论与隐喻。"为谁而活"的指向,恰是但及中篇小说《玛瑙》要讲的主题。

小说讲述了一次较为离谱的同学会经历。人物集中在应明、小丫和一菲身上。十年前,一菲作为应明深爱的校园恋人,戛然而止地结束了恋情;十年后的同学会现场,应明想维护自己仅有的"可怜的自尊",以两万元租赁"小丫",假扮夫妻,最终,因小丫的失恋、失态而前功尽弃。

现实生活中,同学会很流行。信息时代,微信、QQ 等,方便了人们交流组群,拉近了人们的空间距离,同时,也让人们的心灵变得陌生。同学会形式、规模不一,小学群、大学群,为期十年、二十年、三十年皆有。正所谓永不消逝的青春。事实上,在这怀旧情愫内部,也有"爱恨交织与势利攀比"。

2017 年但及出版了短篇小说集《雪宝顶》,其中的《宝玑表》,也是一篇以"同学会"为题材的小说,讲述贵为副市长的宏伟与落魄的失婚女人之间的重逢、幽会。小说借"同学会"写一段逝去的爱情,且在爱情里藏着时光和人事的浮沉。或许曾经的感情只是一个虚幌,并未沉淀为珍贵的记忆,恰是时光扭曲和人间失意后的怅惘。于是,《宝玑表》有了一个开放性的"幻觉"结尾:"她"不知道宏伟是不是死在了车里,只是下意识地将他赠送的价值20万元的宝玑表塞了回去。对比《宝玑表》和《玛瑙》,除题材相似外,我们可以发现,但及偏爱用实物隐喻题旨,"宝玑表"是贵重的礼物,亦是"初恋未果"的遗憾表征;"玛瑙"则是闪着光亮的"杂有蛋白石并有各种色彩"的细纹玉石,它指向"易碎的爱情"。另外,在心理描写方面,但及承续了"心理描写的逻辑规范和自由联想的交错迭出"的写作之风。

毋庸置疑,但及是爱琢磨、不爱雕饰的小说家。他擅长揣摩人物心理,并用精准的词传达给读者。《玛瑙》的启幕是一场大雨,大到"看不到车道前面的车",那一刻的"心灵暴雨"更是离谱。毕竟,应明为了虚荣,已经豁出去了,借了保时捷,租了假妻子,只为在同学面前春风得意,只为让"旧爱"一菲心生懊悔。但在他的心里,"非专业演员"小丫是个隐形炸弹。他对她提出了两字要求:得体。诸位看官,"得体"一词,实在是精妙。现实生活中,什么样的事物是得体的?小丫假扮人妻,又如何得体?其实,应明内心对小丫的拿捏,没有丝毫把握。同学会的起初,小丫表现得体,外加她年轻的容貌,着实让应明在同学们面前风光了一把。但好景不长,小说的矛盾总是要爆发的。其引线就是"小丫"外出的一小段时间。小丫消失的那一段时间里,究竟发生了什么?应明在火急火燎地寻找之后,一直纠结于此。但及以巧妙的"复调"叙事,将两件情事交织在一起。随着应明的追问以及小丫的失态,前面的虚设和得体,已成云烟。简言之,一菲甩了应明,应明雇了小丫,小丫被男友抛弃,应明和小丫都是爱情的失败者。小丫伤心欲绝,想要轻生跳楼,这样的内心之痛不亚于应明的"十年错爱"。当然,小说并非为失恋者申冤叫苦,而是有一个核心的指向,即为"你究竟为谁而活"。围绕着这个共性问题,小说的心理描写达成了统一的逻辑规范。

十年间,应明完全没有找准自己的位置,为他人而活。参加同学会,本应"真诚为上,共忆美好",他却带着"炫富复仇,虚有其表"的心态,掩盖真相。那么,小丫呢?她年轻貌美,开了一个理发店,用微薄的收入供着一个大学生男友(这也是她需要两万元的原因),对爱情怀着虚无的念想。

依我看,应明与小丫的心理构成了一种重叠效应。这是小说家复调叙事的结果。小丫狂饮白酒、找人倾诉,甚至轻贱生命的"乱麻状态"就是十年前应明内心的再现。小说家巧妙地用"现在时态"回答了"历史遗留问题",交代了该小说的情感基石。

那么,一团乱麻该如何捋顺?一菲较为理性。但及借一菲之口说出了小说的主题,也是人生的主题:你是为自己活,还是为他人活?如果你为其他人活,你就跳下去好了。如果你是为自己而活,我劝你再好好想想。或许这句话也是对应明,对她自己说的,十年前,她决定离开应明的理由,大抵如此。故此,蒙太奇手法再现,应明、小丫、一菲三位主人公,汇聚在楼面上,"时间仿佛在说话,但时间又仿佛凝固了"。

小说的魔力正在于此,它可以穿越时空,洞穿人情冷暖与世故爱恨。用小说家格非的话说,时间是一个线性的过程,小说旨在"重返时间的河流"。多数人读小说,只是读空间的碎片,比如,《玛瑙》中的空间碎片有冒雨驱车、老同学见面、同学会聚餐讲话、房内密谈、跳楼险象,等等。这些碎片场景并非小说的主体,更不是小说精髓。小说虽在这空间中起承转合、高潮更迭,但从某种意义讲,阅读这些场景碎片,只是消费式的阅读。小说的意义在于思考时间河流里人的存在意义。正如列夫·托尔斯泰在《安娜·卡列尼娜》中所揭示的并不是"一个出轨妇人的挣扎内心",而是死亡背后巨大的虚无。而文学的终极意义就是向人类证实时间的存在,在消逝的时间中去寻找被消解的意义,在他人的故事中体验生活及生命的真谛。

我认为,这也是"青春永不散场"同学会的哲学意义。存在即合理,任何一件事情的存在皆有它表层和隐形的理由。但及所关注的同学会,绝不只是叙旧情、拉关系、怀青春、大吃喝、谈友谊、催泪水的表面团聚,其中蕴含着人在"重返时间的河流"后的内心哲学及现实观照。

持续关注但及的小说创作,可以发现他的小说在不断生长。显然,不是指数量和质量上的增长,而是他对现实主义小说的认知观念在不断升华。但及曾经擅长的"设置悬念""内心拷问"依然在用,但已经不是他的创作追求;曾经的"翻手为云覆手为雨""变出出乎意料的花样来"(东君语),如今此痕迹也越发淡了。新作《玛瑙》,纯粹得有些"庸常"。而这"庸常"恰是当下生活的本质特征,以及现实境况所掩盖的伦理道德,正是小说必须承担的大义所在。

每一位写作者都必问写作动机问题,也渴盼探索一条作品传播的捷径。许多小说家,也曾为了把小说写得"漂亮"而努力。比如:讲一个精彩的故事,设置一些阅读挑战,阐释一些深奥的人生哲理,增添一些华丽的古汉语,等等。其中,现代主义小说的兴起,让小说走上了一条"智力挑战"拉力赛程。那么,真正的写作难道是要将普通读者拒之门外吗?套用《玛瑙》所述主题,可以追问:你究竟为谁而创作?对于此话题,国家的文艺振兴导向,甚为明确:为人民而作。这绝非一个政治命题,而是小说创作的观念与指向的问题。真正的小说应当书写人民的日常生活,反映当下时代里的民情,并且要不粉饰、不雕琢、不浮夸、不片面,更应让小说走进普通人的视野。同时,小说的层次是丰富的,一个容易进入的小说并不等于没有深度的小说。小说的深度,既是创作者的思维深度,也是阅读者的思维解读。《玛瑙》是一部可以拥有不同层级读者的小说。

读者很难在《玛瑙》中读到"浮华与唯美"。随着但及对生命的体悟愈深,他的小说观念发纯熟。他抓住一个人人皆有领悟的命题——"活得明白"来写。可以毫不夸张地说,"人活一世"是一个泥淖,多数人深陷其中,旁若无人地终了一生,未曾通透过、简约过、自信过,甚至完全攀附于世俗名利之上,为他人而活。俯瞰人生,这样的人,等于白来世间走一遭;从某种角度看,生等于死,活着等于没活过。换句话说,小说的生命力也决定于小说家的观念。如果没有明白自身的创作动机和时代的特性,那么其创作难以找到"内在的真实",其作品难以进入时间的河流。

概言之,但及在《玛瑙》中提出了两个问题:其一是你究竟为谁而活?其二是你究竟为谁而写作?这既是生命意识问题,也是写作观念问题。从中,我看出但及小说的哲学深度,以及朴素语言底下的时光漫溯。

——《大风》2018 年第 4 期

秀水多才女

——杂谈嘉兴女作家群

　　一座名为秀水的城,注定和女性文学有缘。其缘始于 2015 年 5 月 19 日。当时,嘉兴市作家协会主席李森祥组织了一次特殊的文学研讨会——吴文君、朱个、草白作品研讨会。三位女作家的作品频频出现在大型的文学刊物上,引起了人们的关注。研讨会规格很高,参与研讨会的嘉宾以上海、杭州两地的文学编辑、评论家为主,有慧眼识才的《收获》主编程永新,亦有《西湖》主编吴玄、《江南》主编钟求是。同时,研讨会还邀请了著名文学评论家程德培进行专家点评。

　　3 年时间过去了,朱个因创作成绩突出,离开嘉兴到绍兴《野草》编辑部工作了。而吴文君、草白则继续坚持她们的创作风格,稳扎稳打,朝前迈进,不仅有佳作在各大刊物上露面,更出版了属于自己的文集。吴文君的中篇小说集《琉璃》由上海文艺出版社出版,草白的散文集《童年不会消失》由广西师范大学出版社出版,后者属于"雅活"书系。另外,简儿的散文集《日常》,也同属"雅活"书系,由广西师范大学出版社出版。

　　三位女作家的持续发力,让嘉兴文坛繁花似锦、芬芳四溢。除此之外,还有与嘉兴特别有缘的实力女小说家祁媛、当下文坛 90 后小说新生力量王占黑。

　　一般文学史讨论女性文学主要看她们在诗歌创作上的特殊之处,古代女性写作的想象与情怀多与诗歌创作相关。不谈远处的李清照的婉约词,也不谈张爱玲的海派小说,在中国新生代诗人里,由于受到西尔维娅·普拉斯等美国自白派诗人的影响,诞生了一批具有黑夜意识的女诗人。最具代表性的有翟永明(1955)、陆忆敏(1962)、伊蕾(1951)、唐亚平(1962)等。在女诗人的诗歌里,或多或少地会流露出"女性意识"。所谓女性意识,就是指文学作品以人的解放为内核,以争取女性独立地位为标志,并在创作上表现出明显的性别特征和写作姿态。写作,是人类本真经验的表达,可女性的写作一开始就处在一种极为尴尬的境地。为了使女性写作的纯粹性浮现出来,一个女性作家首先要做到的恰恰是拒绝历史,拒绝文化。也只有拒绝文化,通过对现存的一切进行悬隔的策略,女性作家才能够从男性文化无处不在的经验领域中抽身而出。她们已别无选择,只有回到"一间自己的屋子",审视自己,更注重自身的感触。作为纯文学先锋小说中的女性作家,她们始终以强烈的女性意识、不懈的探索精神,成为中国当代文学史上独特而重要的女性作家。把女性内心世界刻画得更加细腻、丰满,无疑是让女性意识复活得突出。

草白,本是台州三门人。她的语感特别好,尝试打破小说与散文的界定。《童年不会消失》(广西师范大学出版社 2017 年版),虽是散文集,但有许多片段都是源自她的小说。她曾经凭借短篇小说《木器》获得台湾联合文学新人奖,由此登上文坛。阅读她的小说,很难找到准确的词语形容她营造的氛围,似乎是漫游、游离、迷离、怅惘;她执着于修复破碎时间里的童年经验;她又倾向于女性弱美的深愁。她曾经说,用厨房里烹饪食物的技巧来写小说。作为青年小说家,又是小说、散文并行写作者,她的小说表现出的工笔化、抒情化、主题化彰显出她独特的风格。

对于写作者来说,世事庞杂,小说切入现实就像是拿起手术刀解剖,角度显得尤为重要。在草白短篇小说的背后,总有一双忧郁凝愁的眼睛,它来自一个姑娘。她痴迷任性,爱美也迷恋忧伤,迟疑却平静。"父亲"作为故事中常常出现的形象,被赋予了高大、某种光辉,他是复杂的,一生在做着形而上的事,出轨也好,收集土壤也罢,甚至寄居洞穴等荒诞之举,其实只是一个孩子对世界的窥探,"父亲"是迷离的、诗性的存在。除了《我是格格巫》这部集子外,她近年来发表的作品很多。我特别喜欢《作家》上发表的《雪人》。这个短篇延续了"成人精神漫游和童年经验修复"的写作风格,较之前面的小说却有了更广阔的空间。小说以"我"在乡下房子里过冬为主线,写出了一种内心至冷的状态。小说塑造了一个善于唱歌的卖蜂蜜的女人阿罗,她热情、大方,后来在一家制衣厂找了份工作——钉纽扣,最后也因为她打瞌睡,坏了机器而离开。用小说的结尾文字来说:这世上的一切一旦被保存下来,都让人厌倦。此话有多层意味。譬如,记忆是痛苦的,每个人总在渴望新的发生,但却难以抚平曾经的伤痕。就像雪人一般,她冷酷、无心、无温度。该小说中,也有父亲的掠影,只不过父亲是间接杀死母亲的刽子手。他目睹母亲床边的男子,没有爆发,采用了冷处理的方式,最终让母亲服下了安眠药亡故。故事中的"我"悲观地生活着,总感觉一切事物都在亡失。好在还有远方的"坚"的叮嘱与关爱。

草白将死亡、救赎、宽恕、欲望等一些大的主题,暗藏在女孩脆弱的"水晶心脏"里。相对来说,那种淡淡的愁绪中,有着刻骨铭心的深刻。

吴文君小说的味道同样是淡淡的,但是这种淡不一样。我没有读完《红马》《琉璃》这两本集子,但细细地读完了她的两个中篇:《琉璃》《暗器》。

读完吴文君的《琉璃》,我想把它和任晓雯的《好人宋没用》对比说一说。陶秀英和宋没用都是苏北人,后来到上海生活。一个中篇,一个长篇,都写了苦难女人的一生。相对来说,陶秀英是浅薄的个人日常,宋没用却是宏大的民族苦难史。有评论者认为吴文君是反小说的作家,用零度叙事达成无限接近生活的真实。但是,陶秀英的生活提倡过于平淡,因被钟时鸣看中,她抛下儿子王宝庆到上海生活,后来钟时鸣意外车祸身亡,她顶换成了内科的陶医生,37 岁与周菊龄认识,45 岁提前退休,这成为这个中篇浓墨重彩的部分。小说末尾写到她的死亡,平铺直叙,所写出的生活即使真实,也是无意义的叙事。任晓雯的《好人宋没用》同样写的是一个女人的无用人生,但那种苏北女人在上海的辗转命运,难以道尽。虽然吴文君的《琉璃》取得了很好的口碑,但我认为《琉璃》是失败之作,因为她想要将一个女人的一生概括在一个中篇中,以致忽视许多细节,让小说的起承转合很不真实。相反,

《暗器》倒是一个特别好的小说,刊发于《星火》小说专栏,我读到之时,非常震撼。她用隐喻的笔法,将一个青春期少女在没有尊严的生活中煎熬的心理刻画出来,在有限的时空中调度人物关系,有很强的可读性和现实观照。

嘉兴才女多,近几年她们都表现出良好的创作态势。简儿继《日常》之后,又出版了《鲜艳与天真》;王占黑也出版了自己的小说集《双响炮》;等等。她们的作品广泛被文学刊物的编辑认可,并产生了较为广泛的影响。

床乃万象聚集处

——评崔秀哲的长篇小说《床》

一

　　崔秀哲,韩国小说家。关注中韩文学交流的人,对崔秀哲这个名字一定不陌生。他已在中国出版的小说有《一个无政府主义者的爱情》(上、下)《画影图形》《蝉》《冰炉》《分身人》,并多次和莫言、刘震云、苏童等作家对话。他的作品多数由翻译家朴明爱翻译。

　　事实上,崔秀哲是一位世界级的小说家。他 1958 年生于韩国江原道春川,先后就读于汉城大学韩国现代文学系和法国现代文学系,获博士学位。1981 年开始发表作品,主要作品有《空中楼阁》《话头·记录·化石》《鲸鱼肚里》《一个无政府主义者的爱情》《冰炉》《床》等,其中《冰炉》获得韩国"尹东柱文学奖""李箱文学奖"。

　　2010 年 9 月 9 日,在"全球化语境下的中韩当代文学交流与互动"南京论坛上,韩国当代著名作家崔秀哲、尹厚明和"文坛常青树"朴婉绪一起,与著名作家范小青、黄蓓佳、毕飞宇、苏童进行了对话。在接受采访时,崔秀哲就向中国读者介绍了他的长篇小说《床》。他说:"文学交流的最有效效果,其实是平衡好文学作品中的民族性和世界性、特殊性和普遍性。作为一个作家,在民族性和世界性中寻求一个平衡点,是他的使命。比如我正在创作的长篇小说《床》。它讲的是床在韩国历史上、韩国人生活中扮演的重要角色,它在一度不稳定的韩国,有特殊的民族性,但对于全世界的朋友而言,关于床的意义还有普遍性认识。从民族性中上升为世界性的东西,就是理想的文学交流。"

时间已过去 8 年,崔秀哲的长篇小说《床》,不仅在韩国文坛上获得赞誉,还被韩国文学翻译院选中,由翻译家朴明爱翻译成中文版本,将直接面向中国读者。

整体看来,《床》是一部百科全书。它汲取了詹姆斯·乔治·弗雷泽的人类学名作《金枝》、君特·格拉斯的长篇小说力作《铁皮鼓》的养分,结合崔秀哲独特的"无政府主义自述"小说风格,形成一部视角奇特、风格迥异、想象恣肆、宗教哲学兼容、现实与人性并蓄的超现实主义小说。

二

床,人类生活的必需品。它和人一样,永恒地留在时空内。崔秀哲以"床"为视角,具有鲜明的荒诞写真效果。其可贵之处,首先在于立场。人类的伪装术在自然或者神的面前,不堪一击。

据《金枝》的作者弗雷泽分析,原始人见到槲寄生在万木萧疏中郁郁葱葱,就会想到树的灵魂出走体外,寄生于他物。槲寄生是巴尔德尔的"命根子"。《床》的开头就交代了其诞生的过程。我们可以很明显地看到,这张贯穿始终的床的前身是生长于西伯利亚中心地带,西倚乌拉尔山脉,东邻叶尼塞河,北为北冰洋边海喀拉海岸,南接阿尔泰山脉环绕的大平原的一棵挺拔的白桦树。

米奴想让卡里乌离开乌格丽娅的灵魂。为了抵抗梦魇,他将自己与乌格丽娅的灵魂寄生在"我"的体内。从此,一场奇幻的对抗欲望之旅,顺势开启。

这一点与"森林之王"的逃奴——金枝,存着隐秘联系。对于树神的崇拜,世界各地皆有。《床》的立意,就有原始性,站在人类的起点,万物有灵。

崔秀哲的人类学根基,异常牢固。

从一张床的灵魂入手,再看人类究竟做了些什么? 可以说,人类文明史就是一场残酷的征服史。欲望挑起战争,战争摧毁人性。在一张床的漂流中,它闻到了血腥。

床,是万象聚集处。人类在权谋杀戮之余,总要寻到一种慰藉。正如小说第一章的最后一节《床的起源说》中所言:"床既是人的摇篮,也是人的棺材。"床,有时是权力的象征,有时又是不幸者的依靠。

在小说的创作中,崔秀哲深受宗教文化影响。他将希腊神话和圣经故事融入小说创作之中。譬如,第二章《大航海》的"木匠与床"中,融入了《金枝》中关于领主行使"初夜权"的风俗。在古代欧洲,"初夜权"最初只是一种带有自愿奉献的宗教祀仪,后来才演变成由贵族领主享有的特权。但在早期的中世纪,这个"初夜权"的特权也不是那么容易消受。结果木匠与魔女合谋,将"床"作为反抗的工具,让领主深受其害。

2009 年 8 月,韩国文学翻译院曾主导了一场中韩著名作家刘震云、崔秀哲作品研讨会。崔秀哲当时做了"文学、影视、雕刻、音乐等艺术形式的异同"的现场演讲。他认为,每一门艺术都有长处,亦有局限,而文学的表达更加自由。崔秀哲的小说不拘泥于现实,不局限于反映生活,而是凭借想象力,从表现主义、超现实主义方面呈现他对人性和社会的看法。他善于用荒诞离奇的异象来讽刺人类的虚无与伪装。

他的代表作《一个无政府主义者的爱情》(作家出版社,2005 年 10 月版),就是一部人性病态者手记。崔秀哲消解了小说的情节,着墨于精神世界。类似这样的意识流小说,在中国并不多见。而崔秀哲作为大家手笔,更在于他的哲学根基扎实,以至其作品拥有稳定的精神哲学和情感态度、独特的艺术审美、统一的主题和气质、灵魂和情感、深刻而犀利的语言、痛苦而耻辱的表达、真诚而立体的劝慰。他,像知己,在忧郁冷漠的城市里,直面现代生活的复杂和社会的不良风气,和迷惘的青年一起痛饮人生苦酒。他是精神病友,是同谋,深谙人类共同的落点和最隐秘的思想。他亦是一位先知,以精神世界的荒诞抵抗现实世界的荒谬。

三

寻求内在的真实,是崔秀哲的创作初衷。为此,他不注重表面的创新,而是深入地探寻历史深处的秘密。综观崔秀哲的小说创作,向内竭尽挖掘人性裂变是主要方向,甚至可以说,崔秀哲有意向卡夫卡学习,比如《分身人》等作品中,人可以变成蝉,可以变成其他各种食物。这表明崔秀哲认为,人类的存在等同于其他食物。人的社会身份并不可贵,甚至皮囊就是负累。

《床》的构思,并未止步于神话。毕竟,神话是阐明床与人类关系的载体。《床》的进一步推进,在于回归某种属于民族的真实。此种回归,让漂浮于欧洲文化海洋中的坐标,回落到朝鲜半岛,每一个细节几乎都映射着韩国现当代历史变迁。

《床》肯定是崔秀哲最重要的作品之一。前阶段,中国读者了解的崔秀哲过多探索内在精神世界,其以颓废、忧郁、精神裂变为主题的作品较多。《床》的出现,拓宽了中国读者对崔秀哲的认知视野。

翻阅历史,大韩民族的发展史浸透着血与泪。日本的侵略、独裁政府的统治、美国的牵掣,民主与自由来之不易。《床》的核心部分,都围绕着韩国痛苦的战争经验,描绘了人性在战争中的浩劫和毁灭以及形成后殖民文化的根源。小说的叙述很接近君特·格拉斯的《铁皮鼓》。虽然没有炮火纷飞的描写,但战争的恐惧与戕害,随处可见。以"床"的流浪,所见荒诞离奇的事为主线,表现战争中的小人物的残酷命运。

福助和百德是战争中的弱者。福助是"星岗茶寮"的专属艺伎。她的悲惨遭遇源于战争的离乱;百德则是英文床(bed)的谐音,她是马戏团的表演者。倘若没有战争,福助与革命者张善宇可以拥有美好的爱情,但在烽火四起的年代,美好的事物只能是奢望。最后福助只能随着那张有意识的"白桦木床",回到朝鲜半岛权贵宋炳秀的宅邸,在床的观察下,事态进一步发酵:奥宗代表的西方势力被驱除,代表韩国本土贵族的宋炳秀亡故,被幽禁的革命者刘适则是不了了之。百德本是一个有钱老人豢养的幼女,老人出于对百德的爱而猥亵、虐待她,并将百德捆绑在床上。当老人发现自己疯狂的做法,无法换取百德的爱时,他悄悄地、不得已地将百德放逐了。百德因为学习能力强,被留在了马戏团,随团到各地演出慰问。老人临死前,仍派人找到了百德,只不过目的不是为了复仇,而是忏悔。老人将自己的残败之躯捆绑在木床之上,以求得百德的原谅,结果显然是不可能的。

崔秀哲的小说创作突破了传统的小说路径。他擅长将鬼魅的故事链接起来,以呈现历史、现实、人性的复杂。一个个精致的小故事,犹如一颗颗散落在战争历史中的珍珠。其小说可能会因为情节的断断续续而缺乏可读性,但其小说内部的河流则是深渊,是涌动着黑暗、渴望光明的渊流。

不置可否,《床》是一部按捺着情欲,又令人高潮迭起的小说。尤其是"万国床博览会""以跳舞代替睡觉""觉与梦的独裁者"的想象,惊为天人。举行万国床博览会的建议是刘适提出的:"为纪念大酒店竣工,应当举办一次万国床博览会,将大酒店家具中来自各国的床汇聚起来公开展示,以显示朝鲜对外国文化大度、开放的姿态。"当万国床博览会开幕的那天,刘适却用火把点燃了所有的床,以自己燃烧的身体完成了一场无声的控诉。"二战"后的朝鲜半岛被国际势力硬生生地分为南北两半,这是一个残酷的事实。"以跳舞代替睡觉"是发生在战俘营中的事。为了缓解战俘营中的矛盾,长江建议:"梦就好像是床下的蛋,床在炮火中受到惊吓,成了不孕不育,再也下不了蛋了,所以要用跳舞代替睡觉,让床重新活过来,那样我们就能停止战争。"看似狂想,实则仍是对战争的控诉。韩国 1968 年处于朴正熙军人政府的独裁统治下,镇压民主运动成为政府的主要任务,崔秀哲仍以床审视这段历史,写成了"觉与梦的独裁者",将宏日、朴基秀、郑守路等人与乞丐王之间的斗争写得恣意放荡,反映了绝对独裁时期,人们对自由民主的强烈渴望。

四

《床》的狂欢与悲悯,既是对创作者的挑战,也对读者的理解提出了考验。崔秀哲对传统小说的突破,对欧洲"流浪汉小说"的继承,将《床》推到了超现实主义的高度。它更像是一个寓言,一个人类学的象征笔法。他借此向世人宣告,肉身已朽,灵魂永生。既然一张白桦木床可以见证历史,那么人类还凭什么狂妄?

在小说的最后,崔秀哲回到现实,用画家崔火和贺蓝、莲藻的情欲关系,阐释拥有他人肉体和被他人拥有的意义。其实,崔火创作的与床相关的画作,正是精神空虚的写照。他临摹的图卢兹·罗特列克的名作《床》恰恰是"蒙马特之魂"。罗特列克是后印象派画家。其作品是颓废精神的写照,多数作品取材于法国巴黎的情色专区。画风承袭了印象画家莫奈、毕沙罗等人,又受到日本浮世绘的影响,开拓出新的绘画写实技巧,尤其关注底层舞者、妓女的生活。换句话说,罗特列克、崔火、崔秀哲可以是一个人,他们只是精神在不同时空里的呈现,所有人的肉体所有权只属于时空。

不得不说,这是一个常识认知上的颠覆与挑战,恰恰是崔秀哲小说最高贵之处。韩国金允植曾评论道:"无政府主义指的是什么?是隐喻挑战小说中的政府主义和中央集权制。这种隐喻在更高层次感到虚无是不可否认的,这种挑战是崭新的,所针对的是小说本身。崔秀哲向往的不是表面的故事世界,而是小说的变革。很多作家都一直梦想着变革小说,也曾在小说之外使用各种道具试图进行变革作业,但崔秀哲却使用了与众不同的方法。他并没有使用新的道具或装置,而是在小说的内在世界里,一点点地暴露小说的缺点。"此语不虚,且恰到好处地指出崔秀哲对传统小说的逆向思考。他对小说的理解源于他对世界的认知。他从未把进入社会、呈现历史作为写作目的,而是要建立属于自己的宇宙观:万象皆非,精神永恒。

作为一部世界性的小说,《床》的颠覆性不言而喻。它将神秘的想象与残酷的历史现实融合,带给读者强烈的心灵冲击,且在黑暗面前,保持冷静、克制,用象征写意的笔法,侧面呈现大韩民族的苦难与辛酸,既壮阔又深邃,可为崔秀哲创作路上里程碑式的大作。

80后知识分子的生存状况

——简评张柠的长篇小说《三城记》

是谁？给了顾明笛出走的勇气。又是谁？给了他无限的挫败感。历经21世纪的政治经济变幻，新时期的知识分子的命运和所面临的社会环境与20世纪八九十年代迥然不同。在新时代到来之时，探讨转型期间的"人"的生活境遇和心路历程，有利于拨开现实的迷雾和后现代主义的含混，直抵人与社会的核心。著名学者、文学评论家张柠可谓是文学海洋中的守塔人，观风起潮涌，辨虚虚实实，终于建了一艘属于自己的船——《三城记》（人民文学出版社，2019年1月版）。小说以上海籍80后小资青年顾明笛的成长为线，旨在以个人命运呈现当代中国的社会图景。其人物之典型在于"普通"，以无限抵近真实的途径来"虚构"当代青年的内心世界；其转折点恰恰是人物逢遇时代的"挫败"感与时代互冲的骨节，暗含人性与时代的暗伤；其经验是典型的知识分子个人体验与文学批评审美相融合的结果。可以说，顾明笛的悲欢离合，恰恰是因为他不是一个"无政府主义"者的小资青年。而张柠借主人公呈现的恰恰是转型期都市生活的个人内心的隐痛。

从创作准备上来说，张柠从本质上选择了区别于中国当代小说陈旧题材——乡土小说——的题材。关于创作题材，张柠借张薇祎道出观点："喂，你能不能不写那个什么历史小说啊？不要再写歌伎啦，什么许和子啊，什么钱杏儿啊。我觉得你最应该写的是当下的城市生活题材，而不是历史题材或幻想题材。我们当代作家最擅长的就是乡土题材，最好的作家都在写乡村。他们一写自己身处其中的城市就捉襟见肘,从某种意义上来说,他们都是'童话'作家,或者'故事大王',没有现实感。当代城市生活题材的文学作品真的是太缺乏了。我觉得你可以写。"于是,为了活现当代中国的现实境况,小说家必须突破原有的知识结构,观察碎片化的都市生活,把多元、多维、多层碎片拼图成型。《三城记》的创作落脚点就在于此,同时,也框定了时代背景和人物群像,凸显了当代中国小说的现实感和现代性。

小说的开篇就是:2006 年初,顾明笛从上海东山公园管理处辞职,把人事档案放到第二人才交流中心,成为一名"自由职业者"。顾明笛的起点是上海,他是上海农学院园林系毕业生。他身上承续了孙少平、孙少安、涂自强的奋斗血统,但又完全区别于他们。顾明笛身上有着典型的上海人的孤傲品性和热血青年对转型期的乐观想象及进步幻象。

首先,他不同于方方笔下的涂自强。上文已述,张柠有意跨过乡土,所以顾明笛没有涂自强的农村经验和农民之根。他们在大学毕业之后,积极奋斗,想要寻求命运的突变和人生的新路,有一定的重合。他们曾经希冀的美好前景最终成为追求路上的精神困境,这一点也颇为相似。但顾明笛的失败,没有涂自强的"农村之根"。同时,这也是顾明笛能在"北上广"这一线城市惶惑和逃离的资本。他犹如一只过早闻到春天气息的燕子,抛弃"安逸"的上海生活,做时代的弄潮儿。他东山园林管理处的工作犹如一根鸡肋,是"煮死青蛙的温水"。对于一个从小就生活在上海的有志青年来说,西方文明影响下的现代性、殖民文化和商业文化扎根于其心中,他怎能庸碌一生呢?于是顾明笛第一选择的是逃离庸常的生活。

其次,顾明笛不会是韩寒。这与张柠从事文化批评有关。在张柠心中,小说人物的典型性不在于他是"精英""偶像",而在于人物身上的大众性。正如小说中交代:"他们在高中的时候就尝到了写作的甜头,都是上海那个著名的'蓓蕾新理念作文大赛'的获奖者,也就是文学圈里常说的'80 后'。但他们是其中的另类。获奖之后,他们迅速抽身而出,既不想借此成为市场上的畅销写手,又不想去写那些老头子们热衷的'纯文学'。"这段文字中的"他们",就是小说第一章"沙龙"的参与者们,他们都是普通的大学毕业生,因为志趣相投而聚在一起,以顾明笛和张薇祎为主。小说主人公顾明笛不像韩寒、郭敬明等 80 后代表人物,因为韩寒、郭敬明是一种文化符号的代表。在张柠笔下,文化符号的形成背后有诸多原因,而某个人一旦成为文化符号,那么他就是一个公共性的话题,更适合于文化批评,而不是小说创作中的个体人物。如今,韩寒已由青年作家变成了十亿票房的导演,学会了与商业世界和平共处的方式。韩寒的成功可以作为一个名人传记来写,但绝对不能最大限度地贴近中国当下 80 后人物的内心世界,也难以触摸个体生命与时代真正的关系。

再次,顾明笛可不可能是杨庆祥呢? 突发这样的疑问,在于顾明笛所代表的“80 后”的现实,某种程度上解答了杨庆祥的《80 后,怎么办?》的难题。顾明笛在“世界”“书斋”中的生活际遇与杨庆祥阐释的“失败的实感”“历史虚无主义”“抵抗的假面”“从小资产阶级梦中惊醒”颇为类似。尤其是杨庆祥以自己在北京租房的经历来反映“北漂”生活的苦难与精神上的游离,好似现实中的顾明笛。不同的是,杨庆祥是经历艰苦的求学路,获得理想中的博士学位,继而谋得一份大学教授的工作的;而顾明笛则在好不容易考上博士之后,因不肯与现实妥协而中途辍停,未能如愿毕业。他的悖逆行为,恰恰是对知识分子求真意识的坚守和学院虚伪萎靡之风的批判。

显然,顾明笛之所以是顾明笛,在于张柠构想小说的现代性、都市性,他期待写出一位独立的、自由的、知性的、理性的青年知识分子以及他的失败之路。上海、北京、广州,这三座城市作为顾明笛一路突进、一路逃离的背景城市,它们各具特点,构成了一幅鲜活的时代图景。

瞧，那些飞起来的大师
——读邱华栋的随笔集《作家中的作家》

　　连日来，读邱华栋的新书《作家中的作家》，以致秋夜有梦。伴着"唧唧"虫鸣，躺在床上口述往事的马塞尔·普鲁斯特、身着深黑礼服的弗兰茨·卡夫卡、手握拐杖的豪尔赫·路易斯·博尔赫斯、叼着雪茄的加缪、攀爬到树上的伊塔洛·卡尔维诺等文学大师，连同他们创造的经典形象，纷纷入梦说话。醒来，略有所悟：就人类的精神高度来说，尘世间，等级分明。那些已经进入永恒轨道的"文曲星"，曾经行走在缺氧、少爱、战乱、流放、无眠、痛苦、疯魔的边缘地带，不同于终日埋葬时光的人，他们睥睨世事，窥探人性；他们洞穿世俗，心藏大爱，以前人未见的创造，引领着众生向虚妄告别，向永生的轨道抵近。

　　由此，文学的边界，人类生存处境的际涯，被文学大师们一步步扩展。只是太多的人仍然匍匐于地、屈膝于权、攀附于利。本着"绘天才精神肖像，传大师旷世之音"的初衷，小说家邱华栋采撷了"一战"以来的 13 位世界顶级小说家进行介绍，如品纯酿。换个角度来说，正是那些高悬在文学星空的大师，一次次在人间寻找代言人。深读深悟，浅看浅说，大师们在每一位读者身上复活。

　　邱华栋以广而深、精且实的阅读，为读者输送读书经验。尤其注重知人论世，结合作品，深入浅出地介绍"作家中的作家"，既有文学史普及的意义，也有文学创作上的核心启示。13 篇作家论，基本由小说家创作的典型风格阐释、小说家生平介绍、重要作品解读、小说家与时代关系的分析、综合论述小说家影响力五个部分组成。

文学世界，群星璀璨。邱华栋在选人上，除了按时空列序，更注重所选之人对人类精神谱系的独特贡献。比如：普鲁斯特以《追忆似水流年》为文学史留下了一条宽阔的"回忆长河"，这部"时间的心理学著作"，告诉人们时间具有物质性，意识的绵延不仅是虚无，更是时代之人的心理肖像和社会肖像；卡夫卡则以"反抗父亲"喻指"反抗时代强权"，这是个人体验和时代经验的结合，恰恰成全了卡夫卡小说的寓言性和抽象特点；博尔赫斯则是时间的主人，"其幻想和对时间的测量，玄学和知识的古怪联姻，仍是未来小说生命力的保证"，他相信，天堂就是图书馆的模样；加缪的《鼠疫》《局外人》，皆以荒诞见真实，揭示"疫病是悬在人类头顶的达摩克利斯之剑"，出其不意，恰是事实真相；君特·格拉斯则用侏儒奥斯卡的"反对生长"来控诉战争带给德国民众的伤害；巴别尔在高尔基的扶掖下，写下了与主流意识相抗的《骑兵军》；福克纳在故乡的地图上写下永恒，成为美国文学的新神话，并影响了一批又一批的中国作家；卡尔维诺是"飞鸟般的作家"，其作品独树一帜，具有轻盈、寓言、无边际的想象的特点；米兰·昆德拉是音乐性很强的小说家，他的心灵放逐正是冷战结束、柏林墙倒塌、苏联解体和东欧剧变的心理写照；科马克·麦卡锡凭借《血色子午线》《老无所依》《骏马》等作品，窥探美国人的荒野精神之源；大江健三郎的独特之处则在于以"性"之名，呈现日本战后迅速发展的社会状况，尤其是人的"道德堕落"和"摆脱伦理束缚"的灵魂写生；雷蒙德·卡佛是生活的失败者，却是极简主义写作的成功探索者，他深谙海明威的"冰山理论"；新晋诺贝尔文学奖得主日裔英籍作家石黑一郎所代表的"无国界写作"，"善于从旧事中发现一些故事的踪迹，将时光之痕一一模拟和复原"。他们都是"文学传统中开新风的人"。而他们所创造的"文学世界"，正是与时代、文学前辈、文学同行相交融的结果。正如邱华栋所说："文学从来都是你中有我，互相影响，互相激发的，在一代代的大作家那里，有着一个标杆和尺度，而大作家们则形成一座座高峰，等着我们通过阅读去靠近他们，在大师的激发下，写出自己独特的作品。"

现代生活，物质欲望穷凶极恶，精神生活匮乏可怜。多数人嗜好加工食品，正因为经营者分析消费者嗜好，正中下怀地地添油加糖、买椟还珠，等等。正如大师急需解读一般，读书随笔类的文章，可以将深奥难解的经典浅易化，将大师思想集中化，以飨读者。这不失"喂养文学"的好办法。当然，我这样比喻，完全没有贬抑读书随笔的意思，恰恰是在说读书随笔的现实意义。通过邱华栋的解读，大众可以看到悬浮于天幕上的星光，那是大师的影子，是人类之光，璀璨，令人着迷。我想，解读大师，必有收获。现实的向心力太强，没有足够的离心力，物体难以飞翔，更别谈进入永恒的星辰轨道。大师们必须先做一些克服重力的活计，让自己的灵魂先轻盈起来，深入生活，了解人类发展的本质，给更多的人以启示。

另外，邱华栋在解读小说家的作品时，特别注重小说的叙述语调，譬如他反复提及的"舒缓、冷静、沉着""平缓、亲切、深沉"，也有激荡、高亢、轻盈、翔舞等。这正是一位心平气和、嗜书如命的读者应有的阅读节奏，也是那些飞起来的大师们带给众生的"生活以外的节奏"。

值得注意的是，邱华栋虽然主张仰视大师，西学中用，但这样的审视有别于 20 世纪末中国文学的俯首姿态，而是建立在中国当代文学飞速发展后的国际视域下的平等交流。那么，对于中国当代小说来说，我们会不会有第 14 位，或第 N 位大师呢？邱华栋在后记中有所表露——欧洲现代主义、美国文学繁荣，再到"拉美文学爆炸"，最后，到全球化、互联网时代的"无国界作家"和中国当代文学的勃兴，形成了一个有联系的线条。

正是如此，《作家中的作家》一书，对于中国文学的意义，恰恰在于"它山之石可以攻玉"，以大师之魂激励我思，进一步推进中国当代文学的国际化、经典化。

西方诗歌的现代经验

——读沈苇诗学随笔集《正午的诗神》

"欧玛尔·海亚姆的灵魂经过长达七个世纪的等待,终于在菲茨杰拉德的灵魂里落了户。"如此阅读,如此等待,如此诗意,正如 40 位伟大的西方诗人的灵魂住进了沈苇的《正午的诗神》。难以置信,这精到而广博的诗学随笔是沈苇在 33 岁时写就的。20 年后,再看 1999 年版,封面陈旧过时,而内容依然鲜活,我不得不承认,一位优秀诗人的素养厚积于青春年少。此次,广西师范大学出版社联合"诗想者"品牌,秉承"绘天才精神肖像,传大师旷世之音"的宗旨,隆重再版《正午的诗神》,实是读者之幸。

沈苇以丰润的阅读深入诗歌内部,捕捉"大师"之核(正如画家陈雨所配的 40 幅肖像画,形散而神聚),多维呈现诗与时代的复杂性,富有浩瀚、精深、开放、妙趣的特色。他延请大师走出象牙塔,用通俗演义的方式,打开诗歌迷宫,虽然没有完全回答"诗是什么",但的确捕捉到了"诗的精魂"。正如在沈苇在第一版自序中所说:"通过这本书的写作,我无意做一个诗歌的普及者,但我愿意成为一名传播者——将诗歌的火炬传递到可能的读者手中。"《正午的诗神》这部书,从探究诗艺出发,走向了诗歌的普适价值。

对西方诗歌的译介,一定程度上奠定了中国新诗的"现代性"基础。当然,中国是诗的国度,诗词歌赋之盛,古典意境之美,汉诗根基至深,同时,我们也应看到,中国新诗诞生以来,一直在汲取西方诗歌的养分,日臻成熟。如今看来,根植于华夏沃土的汉诗,采撷汉语的露珠,愈发精细,承担着困境救赎的时代使命。执着探索诗艺的人皆可感到：当代汉诗的成就可扛大鼎，较之流行文化，诗歌虽为小众艺术，但这象牙塔里的求索，已然进入"纳米技术"阶段。微信时代，汉诗尤其关注日常微光和多元体验，深揭个体生命与时代困境的微妙联系。我认为，这正是西方诗歌的"方法论"，其"自由精神"激发了中国诗人的审辩思维。毕竟，古典中国所注重的"和"文化和格律规范，让汉诗少了些锋刃。西方诗歌恰恰弥补了这方面的遗憾。

在《正午的诗神》中，沈苇以诗为媒介，联通古今，泛舟驾云，网罗荷马、萨福、但丁、歌德、席勒、布莱克、荷尔德林、拜伦、济慈、普希金、波德莱尔、马拉美、兰波、惠特曼、狄金森、叶芝、里尔克、庞德、艾略特、帕斯捷尔纳克、曼德尔施塔姆、茨维塔耶娃、奥登、博尔赫斯、希梅内斯、佩斯、塞菲里斯、聂鲁达、蒙塔莱、米沃什、布罗茨基、帕斯、希尼等 40 位实力超凡的西方诗人及其伟大的作品。在他们身上，我们既可以看到诗歌与时代的切面，也可以领悟诗歌的纵向生长。沈苇采用编年和传记相结合的形式，叙写了他个人的西方诗歌史，在相应处镶嵌诗歌评点，有点睛提神之效。

他从"古希腊的太阳"荷马讲起，阐释《荷马史诗》哺育了希腊精神和希腊人的诗性智慧；继而他又写到"古希腊的月亮"萨福，这位"古希腊抒情诗时代的女神"，毕生为爱情而歌；他从"地狱诗人"但丁写到"玄学派诗人"邓恩，让人看到"地狱如海"，"尘世之爱和神圣之爱交织着矛盾"；他看到那些"平静生活"诗人，譬如马拉美、惠特曼、狄金森、埃利蒂斯等；他也看到那些狂飙突进、豪迈自负的诗人，譬如拜伦、波德莱尔、兰波、帕斯捷尔纳克等；他深谙游子诗心，里尔克、T. S. 艾略特、茨维塔耶娃、米沃什等人，终把诗魂作故乡；最后，他写到"新但丁"布罗茨基、承继"叶芝"的爱尔兰诗人希尼。从公元前 9 世纪写到如今，遥遥三千年，因诗成瞬间——诗的确有凝聚时空的力量。

"江山代有才人出，各领风骚数百年"，我们应看到那些璀璨的明星，引领着人们向"光明和澄澈"的精神抵近。

40 位大师以智慧的光芒，照亮来去的路。对于诗人来说，他们是"诗神"，但沈苇在评述时，并非形而上的赞美，而是像荷马一样"以人为中心"，还原诗人的世俗面相,深究人类的内心隐痛,语调更像是"午后茶歇",历尽沧桑的沈苇向世人讲述"诗的往事"。在诗人的生活方面,沈苇注重妙趣。比如:博尔赫斯对"性"的恐惧,源于他被父亲带去"破处";叶芝对毛德·岗的苦恋而不得,恰使爱的激情推进终生创作的热情;长寿的歌德与短命的席勒,友谊深得墓葬毗邻;"少狎诗歌,老娶神学"的约翰·邓恩将布道文写到极致;"无处是故乡"的里尔克的两次俄国行,决定了他一生的道路;"把光阴镀成黄金"的济慈有一颗脆弱的肺;坐在"猩猩笼子"里写诗的诗歌活动家庞德,却是个法西斯支持者,诸如此类,奇闻逸事,让人读来心潮澎湃,仿佛诗人总在不寻常的时空里自由驰骋。回晃有悟:这大抵是诗的馈赠吧!

在人类文明史上,诗歌代表着人类的精神高地。细读《正午的诗神》,仰慕大师智慧,颇有些自惭形秽,由是,我也产生了疑问——诗歌的本身有没有生长?既然那么多天才,写出了那么多伟大的诗,我们的诗歌的前路究竟在何处?

追溯诗歌发展之路,无论西方诗歌,还是中国新诗,都是人类文明中不可或缺的一部分,更是与时代一同生长的灵物。与《诗经》相似,世界诗歌也源于生存表达的需要,或祈求丰收,或求偶达意;随人类文明的发展,诗歌成为人们表情达意的方式之一;即使在全速工业化和信息化的当下,诗歌仍是人类灵魂的补品。沈苇所介绍的 40 位伟大的诗人,是典型代表,他们完成了自己的诗学建造,同时也完成了个体生命与时代精神的对接,扩展人类思想的边界,充盈了人类的精神世界。故,人类的攀高,总是踩着巨人肩膀,才不至于迷失,才能看到更广阔的更自由的未来。这种启示,要求"我们的诗"必须是生长的,必须是超越前人的"新风之作"。

读完《正午的诗神》,我仍不能回答诗是什么。因诗成谜,才有永不止息的活力。诗永远是"逗号",不同时代的人,将用生命和语言的智慧点燃它,完成它,又再度打开它——以拓宽人类精神的视阈。或是阿尔托所言的"坚硬纯净发光之物",或是博尔赫斯的"语言的迷宫",又或是曼杰施塔姆所言的"黄金在天空舞蹈",等等,一切尚未完成,人类沿着诗的足迹,依然在寻找安魂的栖息地。

打开窗，看当代中国的民谣莲花
——读梦醒随笔集《一尘半梦》

单曲循环，是我听音乐时常选择的播放模式。唯有反复，才能听出歌者的灵魂。

戊戌年除夕，我选择在异乡过年。结束的冷清和肇始的热情，令我心安。我拿起梦醒的《一尘半梦》，读了一整天。她打开了我心中的民谣之窗。己亥年春节，我打开虾米音乐，听了一整天。这一年，我将会反复地听张楚、李建傧、张浅潜、程璧、丁薇、尹吾、莫染、周云蓬、左小诅咒、陈鸿宇、赵雷等人的民谣。

每个人的青春，或亲或疏逢遇过音乐。对于80后的我来说，港台音乐"消费"了我的青春。我曾节衣缩食，从生活费里抠出钱来，买了数百卷磁带，反复听、模仿唱。我深知某些歌曲所承载的时间与往事。如今，那些受潮的磁带，已喑哑了尘封的岁月，躲在故乡老宅的橱柜里。

那么中国民谣呢？我是门外汉。我依稀记得，余杰说张楚是20世纪最孤独的歌手，于是，在非典期间，我不顾校方"封门隔离"的警告，翻墙到音像店寻找张楚的专辑《孤独的人是可耻的》，得手一刻的激动，如今依然可感。后来，看毕赣的电影《路边野餐》，被其中的《小茉莉》击倒；听梁晓明讲尹吾改编了他的《各人》，延伸地爱上了《好了好了》；听赵雷的《成都》、陈鸿宇的《理想三旬》；等等。民谣是诗与歌结合最紧密的艺术形式，而我仅略知皮毛。

太多人像我，是音乐的假"发烧友"。所谓的热度，只是"被经典""被消费""被流行""被世俗"的蹭热点。而民谣是生命里、骨子里的自由与行吟，是真正的个性审美。《一尘半梦》的作者——河南籍90后乐评人梦醒，是清醒的、求真的、早熟的文艺女青年。她"试图在音乐和文字的一方天地中寻得辽阔与自由"。

由诗想者策划、广西师范大学出版社出版的《一尘半梦》，是一本深入浅出的易读好书。其故事性强，记述着梦醒与民谣歌手、民谣作品相遇的往事；其文字简约，像民谣一样朴直淡雅；其审美颇具诗性，体现梦醒超凡脱俗的诗人气质。她所推崇的李建傧、左小祖咒、苏阳、莫染、张浅潜、程璧等人，正是中国民谣潜伏地下的脊梁。

或许普通读者可以把《一尘半梦》作为中国当代民谣的入门书来读。正如我曾与某诗人谈及沈苇的《正午的诗神》、邱华栋的《作家中的作家》时，他鄙弃地说："那只是初学者学习诗歌、小说的入门书而已。"但我心想，当代中国欺世有道、鄙弃读书者大有人在，自以为身居高位、学术深不可测者，狂妄自大。往文字深处看，你可以发现，它们又不仅是"入门书"，其内在审美和文学价值远高于那些夸夸其谈的学术著作。《一尘半梦》就是如此。

梦醒选择评述的民谣歌手，基于他们本身艺术才华和生命状态。请单曲循环、闭目聆听、与灵魂对谈。你可以感受"跑调歌王"左小祖咒选择的是自由与本真，他的《小莉》比《小薇》要"不装"，比《赵小姐》要"流氓"，比《小茉莉》要自我；你可以感受素食者、佛教徒李建傧选择的是禅悟与自然，他的《一尘半梦》《文殊菩萨心咒》《月照空花》是"无为虚空、欢喜圆满"的至高境界；你可以感受程璧选择是诗与歌的完美融合，她的音乐专辑《诗遇上歌》，正是北岛、舒婷、李元胜等人的诗歌与程璧的音乐的有机融合；你还可以感受苏阳、蒋明、野孩子、莫染等民谣歌手身上的故乡情愫以及流浪青春的极致追求。他们正是经济浪潮中"出淤泥而不染"的民谣莲花，他们的音乐是曲艺的高山流水、生命写意的阳春白雪和唱词的下里巴人，他们的创造指向唯有求真意志。

此书，又怎会只是一本入门书呢？读书，永远只能是"师傅领进门，修行靠个人。"《一尘半梦》于大众的影响，可深可浅，正如音乐之于生命。

依我见，当下的校园，一些揠苗助长、虚头巴脑的教育令青春尽丧活力。人事市侩，急功近利，自由生长何在？生命热情何在？校园民谣何在？我们的校园及青春，急需找回"一尘半梦"。而对于我这样的青春怀旧派，我的渴念远不止是《致我们终将逝去的青春》《悲伤逆流成河》那样的"伤疤"往事，更是带有悸动的、纯粹的、迷惘的、多元的、可再生的生命律动。

或许，我们可以从重听民谣开始，听那些尚在地底下的歌者真实而高亢、自由且独立、多情又诗意的行吟。

仿冯唐说
——《不三》读后记

不知连金兄是否读过冯唐的《不二》？其实，在自序中说，不三是指不代表过去、现在和未来。这样的解释有些含糊其辞。或者说，从整个小说的构思及语调来说，《不三》是仿冯唐的风格，内容更多关注青春，类似《万物生长》。

《不二》是本奇特的书。冯唐虚构唐朝名妓鱼玄机的风情史，以"欲望"为主线，却不低俗。大陆未公开出版。

因为要说清楚《不三》的来由。我就多说了几句关于冯唐的小说《不二》的内容。

《不三》是个中篇，以"我"（张清扬）的成长为线索，更多地关注青春和爱情。关于青春的故事总是那样懵懂而充满奇幻的色彩，同时又因为充斥着荷尔蒙的气息，青春变得美好而热潮涌动。早些时候，姜文拍摄的《阳光灿烂的日子》，亦是由王朔的小说《动物凶猛》改编而来。到了近期，赵薇将辛夷坞的《致青春》拍成电影，掀起了一场全民回忆的热潮。于是乎，关于青春的电影和小说，纷至沓来。毕竟，每个人都会有属于自己的青春往事，而那段抹不去的记忆又近乎类似，荒谬，追逐爱情和梦想等。青春片热潮涌动至今，冯唐的《万物生长》被导演李玉搬上荧幕，由范冰冰和韩庚主演。

拧巴了这么久，似乎没说什么关于《不三》的话。其实，句句都是关于《不三》。《不三》前六节，回忆高考即临时，"我"却写万字情书给"小猫"（肖渺),怎一情种了得。情书未至,潜藏暗恋着张悦。大学期间,"我"则与莫然相恋,直至劳燕分飞。走上工作岗位,"我"在游戏软件开发、经营白酒生意等方面奋斗着。当然,一路行走一路风景,"我"张清扬仿似"韦小宝",生命中,桃花朵朵开。爱人和被爱的牵扯和悲哀,"我"在张悦与卿欣之间上演友情与爱情的冲突。

毋庸置疑,写作《不三》是用心的。因为在回忆里,总有那么多的美好呈现在眼前。但是,类似重复的青春猎奇,爱情肆无忌惮的题材,是不是过于泛滥? 而对于青春所历经的迷茫与困顿是不是又缺乏深入的细节? 作为一个小说创作者,更多的应该走在影视的前头,而不应是跟随的脚步。

"草长花开,生老病死,不离因果。"这是《不三》自序的开篇。倘若,《不三》真正在因果联系、万物生长和凋零的细节处落笔,或将更丰富,更复杂,也绝非浮华的青春过场。

尘埃的痛感

——简评凡人系列《守门人》《卖菜老人》

博尔赫斯有一首短诗,题为《棋》。其最后一节如是:

> 上帝操纵棋手,棋手摆布棋子
>
> 上帝背后,又有哪位神祇设下
>
> 尘埃,时光,梦境和苦痛的羁绊

生活中,我们可以看到许多类似尘埃、蚂蚁、野菜、榕树一般的凡人。作为诗人,关注寻常生活的人事物,是修炼诗意世界的必经领地。在《守门人》和《卖菜老人》这两首短诗里,都有着悲悯情怀。诗人看着渺若微尘的凡人,不禁产生怜悯和疼痛的感情。

从某种角度看,诗歌的情怀应该高于写诗的技巧。

人到情深出好文。当诗人以自己的切肤之痛去体验世人感情时,怎能没有高度呢?

《守门人》和《卖菜老人》都采用传统的起兴手法。《守门人》用"树叶"低垂和守门人瞌睡相类比,将夏日的酷热和万物静止的状态练达呈现。而守门人则是生活在社会最底层的民众之一。由此诗人不愿惊扰,轻声刷卡,以示尊重。《卖菜老人》以同样的手法刻画了一个立于街角数年的,犹如一棵野菜的老人。或许诗人不忍对视的不是"符号意义"上的"凡人",而是他们背后的时光与生活、命运与时代。

　　当然，这样的诗作，有一两首就够了。如果为了创作凡人系列，而做写作上的复沓，是没有意义的。倘若，诗人真正体会了凡人的痛楚，那定如托尔斯泰所说，"不幸的家庭是各有各的不幸"，诗人只有深入社会和人性的裂痕中，才能发现尘埃疼痛背后的风景。

透明的静默

——简评丁威组诗《往事并不吹过远山》

　　诗人爱登高。在高楼林立且日益膨胀的都市里,诗人不应在酒桌上听嘈杂的世相(或许小说家必须去),而应到城郭中心的古塔上,听角铃絮语,看苍原自然,辨风月走向……

　　丁威之诗,言简意赅,境域开阔,向内打开心灵,向外拥抱自然。

　　正如章诒和的书《往事并不如烟》,人们在怀旧之时,无论伤心与美好,都会记在心头,有人记着时代的印迹,而有人留念那些并未走远的人、事、物。而要收纳并留住那些记忆,诗人的心必须是静如止水的。

　　丁威以静止作为通道,思绪犹如泉涌。沉潜写诗,沉默生活。灵感乍现,游龙苍穹。

　　最终呈现在诗里的,依然是中国传统的写意——主观力和自然力的协奏。

　　女人是春天里的桃花,春天也是人体内的新、力、美。写实的是自然,写意的是性情。丁威的诗歌游走在虚实相间的自我抉择的桃花小洲里。

　　在静缓的明眸里,桃花、节气、芬芳、时光、爱情、色泽,纷纷呈现。读诗之人也能感受那份宁静致远的志趣。

　　丁威铁定喜欢波兰诗人辛波斯卡的《万物静默如谜》。其写作风格也类似。辛波斯卡的写作着眼于微小的生物、常人忽视的物品、边缘人物、日常习惯、被遗忘的感觉。从组诗《往事并不吹过远山》中可以读出,丁威的写作题材也有意偏向细微的自然和细腻的情感,当然还有潜伏在体内的欲望。

有时,那些欲望猎猎作响;有时,那些欲望催生静默。

非常喜欢他的《桃花词》:

> 桃花从尚且年轻的身体里盗走火种
> 一首诗的国土面积埋不下一座私奔的房子
> 你有一块菜地,我有一片花园
> 你说桃花开过了,今天开梨花
> 我又梦见开满桃花的眼睛
> 这么久了,已是噩梦

有的诗歌很玄乎,玄到没有道理、没有节操、没有节奏。那最多只能算是伪诗。丁威的诗,在跳跃的意象底下,流淌着秘密的河流,水网密布,彼此联系。欲望有如桃花,焚烧青春岁月,留下人类繁衍的种子。而远方究竟有多远,远山依然是"五指山",地域的大与小只是眼界的开阔与障壁。每个人必须承认的现实是生活,但每个人都可以拥有的是梦想。这就是一朵桃花的梦境,或写意。

丁威尝试在诗歌里窥探从生到死的时光密室。他的诗语则界定了他思想领域里的边界与远方。这是静默如谜的冥想,或是世界本相。

"一把油纸伞收拢了全部流年的芬芳"

——简述李鹤影的新诗古韵

江南溽暑，水气蒸腾，湿气充斥，怎一"闷"字了得。何以解闷，唯有读诗。

此时，读到浙江温州诗人李鹤影的几句诗。时节方大暑，忽觉春意凉。她的诗，正是无格律的词。精短，有韵。笔走空城，自然绽放。

鹤影，原名淑文。无论笔名、真名，兼致风雅。纸刊《词坛》编委，旗袍女子，自诩"知者自知，得者自得，我即我词"。

观其诗，确有词味。长短句交错，以写意制胜。重在意象勾勒，意境留白。合辙其名"鹤影"。

她说："一把油纸伞收拢了全部流年的芬芳/呵，明月开始着色我的身体。"（《旗袍女子》）

她说："我诗歌的骨头/藏在一堆汉字里/我为它种植梦想/收藏阳光/也收藏诗歌的神谕和远方。"（《抽出诗歌的骨头》）

她说："从青埂峰出走后/一半混迹江湖/一半心无旁骛/月光将四字刻在身上/不离不弃。"（《石头记·前世》）

聊以几句诗，可见诗人纯粹。诗不是工具，不是争名夺利的锋刃，亦不是睥睨人世的高地。有人以诗歌拼智力，以诗名排座次，以诗风划圈子，皆不可取。诗是我们的流年，是我们的本体，是我们的梦想，是我们的前世今生。唯有将诗歌与生命相嵌相连，才能受到缪斯恩宠。

只是凡作诗者,皆要自律,不可滥觞。风格独特,固然重要,更应亲近自然本色,纯粹心灵。

李鹤影的《桃花乱》,有华美一面,亦有朴直用词。春风一吹,落英缤纷。"笑颜"为俗世体验,"乱了""喧哗""唠叨"则是"乱"的写实,属于诗人感知世界的独特视角。但"桃红"始终牵制"心语"。这是一首古意新宿的诗。倘若滞留在古风中,那就有失自我了。

《春凉》是一首富有汉语美感的好诗。其美感,不仅在于整体写意的旷达,更在于细节局部的精雕细琢。"笔走空城";"眸子"盛"酒",亦盛"悲欢"。这些笔触都有惊天然的质感,可谓"春意凉凉,迷情依依"。

张爱玲有言:"有人说过'三大恨事'是'一恨鲥鱼多刺,二恨海棠无香',第三件不记得了,也许因为我下意识的觉得应当是'三恨红楼梦未完'。"此中"未完"不仅指曹雪芹未完成,高鹗续之,更指红楼一梦梦千年,读者一悟皆自我。李鹤影心中就有属于自己的《石头记》。"青埂"谐音"情根"。脂砚斋批云:"妙,自谓落堕情根,故无补天之用。"李鹤影从《红楼梦》中读出了自我。在文字中,于时光中,与"宝玉"邂逅,与诗心相遇。

面对后工业时代的轰鸣,诗人李鹤影把"芬芳流年"寄寓"一把油纸伞",并守住浓郁且静谧的抒情阵地,可谓"不失本心,没忘诗心"。

"回头向诗"，故乡仍是春天
——评江文波组诗《感恩春天》及其他

凡人皆有故乡，故乡皆有诗意。对于诗人江文波来说，故乡，不仅是地理意义上的"桐城文派"发源地枞阳，更是精神层面的诗性记忆。

谈及诗人江文波，我即刻忆起一段热血沸腾的岁月。我细读过姜红伟的《诗歌年代——20世纪80年代大学生诗歌运动访谈录》书稿，洋洋洒洒近三十万字，阐释了20世纪80年代大学生诗歌运动的时代背景、缘起过程、群体特征、创作特色、艺术价值、历史贡献。其中"1977级"的第21篇，就是关于安徽铜陵师专江文波的访谈录——《我对80年代的诗歌生活充满感恩》。

20世纪80年代，辉映着璀璨的诗性光芒。身处安徽铜陵师专的江文波，创办"江南诗社"，主编诗歌印刷品《春潮》，与友人查结联一起创办民间诗报《拜拜诗报》，携友人寻访江南，天天写诗度日，等等。他的青春岁月，始终和诗歌相伴，他是20世纪80年代活跃的大学生诗人。怎能说，诗歌不是他的故乡呢？

早在1983年，他就写出了较为经典的《北方的童话》。"不知为什么/猎人的枪口，迟迟没有飘出/那一圈灰色的烟云/小鹿在飘飘的雪花里/没有惊悸地走了/猎人，连同森林和天空/都成了它的背景/成了童话般的浮雕/退进一篇永恒的安宁。"(《北方的童话》节选，1983)较之于当时流行的朦胧诗，该诗的清晰度和辨识度都很高。江文波用最练达的诗语表达出最悲悯的情怀。整首诗,就是一个精致的童话,"小鹿的美丽、清纯的世界"以及"雪花纷飞"的意境,让猎人良知复苏、放弃狩猎。此诗得到了林贤治、曹汉俊、姜诗元、许正松等诗人的好评。如今看来,这首诗歌仍然闪着金子般的光亮。

众所周知,随着改革开放的铺开,市场经济浪潮涌动人心。人们重视物质利益。江文波的青春热血也渐渐平缓,他在体验了诸多职业之后,投身商海,创办了"安徽省经天文化传媒有限公司",生意风生水起。但同时,他也暂离了他的"精神故乡"——诗歌。十余年时间,他雪藏了血液里的诗意,却并未完全离场。他的"文化创意设计"工作,恰好吻合了他"视诗歌写作为一种生活方式"的人生观。

于是,才有了"回头向诗"。近些年,他像一道"黑色闪电",迅疾地穿过诗歌的腹地,再一次回到当代汉诗的现场,正如:"坐在没有文字的青石上/人们抬头观天,预测大运/闪电,总让人颤栗前世今生。"(《黑色闪电》节选,2013)可想而知,离开诗歌的那些年,诗人的心如磐石,多么沉重,又多么荒芜。一旦,他的诗意再次抚触人间,其血液仿佛春天复苏,不仅保持了青春时代的纯真,而且多了一份明晰。

当我们读到组诗《感恩春天》时,一颗怀乡的赤子之心袒露于世。诗人离开故乡,"斩断锈蚀的缆绳,要开始新的旅程",那时"桃之夭夭,灼灼其华",河水暴涨。而今,诗人回顾历程,"村里少女,在桃花丛里/就像蝴蝶,飞来飞去/我没有喝酒,却在三月的风声里/醉了几分,感觉自己的身体/像一樽酒杯,涨落着/彩色的潮汛"(《桃花汛》节选,2018),故乡的草木、炊烟、木船、少女,依稀在梦里召唤。诗人向内打探自己,发现肉身不过是盛满记忆佳酿的容器,所幸,江文波带着浓郁的诗意,回归故乡,并"等待/下一个春天"。

细读《雨水》《感恩春天》两首诗,我们可以看出,回归写诗后的江文波仍然坚守诗歌的抒情阵地。"池塘"作为故乡文化的指代,形神兼备,情韵饱满,语言纯净且唯美。游子重返故乡,仿佛得到了祖先精神的滋养,获得"古老与沧桑"的启示,他找到了自己的精神水源。"谁,会坐在我的岸上/泪流满面/彻夜不眠",结尾的这三行,是"豹子的尾巴",有力地警醒着世人——

远离故乡就会精神荒凉,游子请返乡。或许,人们"在冬天里,虚掷了太多时光",故乡却在原地等候你的觉醒。诗人将内心明亮的渴望化作有形的求索:"我们和万物在一起,追寻春天/沿长江奔跑,我在上游,她在下游/我们都不经意地,朝着对方跑/不管不顾,撞个满怀。"寥寥数句,令人欢欣鼓舞,春天就这样住进了人们心里。

恰如,江文波在《无语的石头》的后记中所言:"也许诗歌曾经的辉煌不会再来,但那薪火相传的人文精神,永远是人类幸福的源泉。"当代汉诗走过百年,类似 20 世纪 80 年代的诗歌热潮,难以再出现,但诗歌作为人类精神的原乡,始终在召唤我们回去,而潘洗尘、江文波等人的回归,可做明证。只要我们带着感恩与热忱,回到诗歌,回到慢生活,回到语言本身,一定可以逢遇心灵的春天。

天人合一，物我两忘

——简评田文凤组诗《第三个时辰》

著名诗人西川认为目前汉语诗歌最紧迫的问题是："1.千人一面，这意味着创造力不足；2.蒙昧主义盛行，文化视野狭窄，并为此而沾沾自喜；3.某些人依然沉浸在要命的美文学当中。"这三条掷地有声，深入揭示了当下汉诗的尴尬处境。尤其是微信时代，千篇一律的诗歌，已然泛滥成灾。当然，大浪淘沙，总有闪着金光的异质作品赫然而出。土家族诗人田文凤的诗歌，虽不能算是成色最佳的作品，但从诗人企图打破日常意识，淡化万物与心灵的界限的创作构想来说，组诗《第三个时辰》体现了"天人合一，物我两忘"的创作追求，具有一定的探索意义。

所谓的第三个时辰，指寅时，也就是凌晨三点到五点。这一时段，天将拂晓，宁静深远，"太阳很快就要/从黑夜这只大蛋壳里孵出来"。诗人田文凤从梦中醒来，倾听到时光背后的秘密。循着诗歌的语言，我们可以进入那个心神安闲的时刻。侧耳有"亲人的鼾声"，此为写实，继而，诗人的思绪就飘至梦虚幻境了。"四叶草上的露珠拔节"，"一只羊"与"一块草原"，由四叶草的意象可以看出诗人的幸福感，而且，家庭空间的局限与爱情时空的无限形成对照。如此跳脱的诗意，只有一线相连，那就是"静谧环境下的思绪遨游"。要言之，诗人追求的是一种极其宁静的心境，远不止是"我只想做一个闲人/把时间浪费在美好事物上"这样简单。如此朴质的生活之愿，让我想起了李元胜的《想和你虚度时光》。其实，田文凤写下"第三个时辰"的感受，已达到了物我两忘的境界，是为"高尚的虚度"。

海子在《九月》中写道，"目击众神死亡的草原上野花一片/远在远方的风比远方更远"，无形的风被有形的语言捕捉，写出了一种遥远又切近的感知。田文凤在《楼顶有风》中的叙述方式，别具一格。这本是一次普通的"在楼顶上散步"的经历。类似重庆这样的城市，不仅可以在楼顶散步，还可以在楼顶行车、打球、堆砌假山等。但是，诗人登临楼顶，仿佛置身于"存在主义"哲学之境。她感知风从四面八方吹来，以自身为界，苍穹为一域，人间为一域，"宇宙在我头顶亦在我脚底"，"宇宙住进了我的身体"，这样的感受源自中国古代文化中的"天人合一"意识。我们不难看出，诗人沉浸在自然的风中，更沉浸在自我的冥想之中。

一日之中，除了曦光初现易惹诗思，黄昏亦是神秘时刻。正如《黄昏的仪式》中所描述的，诗人为一群飞过天空的鸟拍照。疲倦的人们，看到鸟群变幻着身姿，时而如一条"飞鱼"，时而又形单影只地飞过屋顶。远天苍茫，倦鸟归巢。"一切景语皆情语"，那丝丝入扣的诗语，即为诗人对黄昏的独特发现。

田文凤是鄂西巴东人，她的血液里流淌着古老的巴文化。听闻，生活在武陵山脉一带的土家族人，仍有着较为原始的信仰。我相信田文凤就是这样一位有着自然力的诗人，她"养花种草，给鱼洗澡"，把肉身交给自然，让江山滋养自己的浩然正气。

草木心与人间情
——简评聂凤森组诗《大雪之河》

在中国传统文化中,"山川以人而胜"是真知。草木本无情,景不自美,因人而彰;地不自胜,唯人则名。聂凤森的诗歌赋予自然以情韵,把自己的童年记忆和草木情义相融合,贴切地写出现代人内心的渴念。

当下中国,随着城镇化步伐的加快,人们越来越怀想山水田园。诗人更是延续了士大夫"适与野情惬,千山高复低。好峰随处改,幽径独行迷"的闲情雅致,让自己的诗意无限抵近自然山水。其中,尤为出色的是哑石的《青城诗章》,我特别钟情其索引的句子:"若是大师使你们却步/不妨请教大自然。"(荷尔德林)

如其所言,大自然是人类的母亲。她包容人间罪恶,启迪人间智慧,平复人间心绪。

当我们读到,"我年幼的村庄透着草色/无人认领的时光散落在玉米叶子上"(《一些旧事物》),诗人为过往的记忆着了颜色,那些迷恋旧事物的怅惘心思,顿时变得轮廓清晰。中国曾是农业大国,我曾与友人开玩笑说,别看不起农村人!在城里活着的人,上溯三代,基本都是农民。不管此话严谨与否,至少中国人对村庄的感情绝对非一般。我们的血液里,始终流淌着一种乡愁叫"村庄",那里总有"闪着亮光"的河水,河畔总有"邻家女孩"在浣衣,而河床上总躺着不会说话的石头。这些,都是我们的精神原乡。

诗人聂凤森是黑龙江苇河林业局的工人。他的生活,和草木息息相关。

《大雪之河》这一组诗,带着朴素的林间静雅与草木芳香。譬如《林间五月》中,"春风已马放南山/阵阵蹄音踏响河畔的卵石/阳光的丝绸滑落天庭/披在五月新娘风姿绰约的身上",诗人用想象的翅膀与恰如其分的痛感,将抽象化为具象,颇有神笔之味。"针叶如梳子",可梳理鸟鸣;春风如奔马,可跑出雄姿;"阳光如丝绸",可从天空滑落。

如此佳句,源自诗人对林间草木的挚爱与想象。与之有同工之妙的还有《老树》。诗人说,"四月,一棵老树换上新衣/柳枝穿年轻的日子/像一册线装书/试图复印那些浅浅的文字"。我住在江南,对柳枝再熟悉不过了。当我看到聂凤森的这个比喻时,我还是讶然一惊,真是形象又典雅啊! 条条柳枝如线装书,而柳芽如浅淡的文字。如果不是细心体察,又怎能有如此创造呢?

及物抒情是聂凤森创作诗歌的常用策略,这是对中国古诗传统的继承。我们常常会问:当下,什么样的诗歌是好诗? 依我看,抒情诗、朦胧诗、先锋诗、口语诗、口水诗,等等,皆可以是好诗。毕竟,形式不是关键,诗味与内涵方是制胜关键。

聂凤森的传统抒情诗写具有一定的现代意义。他的语言跳脱、生动、有嚼劲。"当雪成为荣耀/一条睡去的河流深藏浪漫/暗涌的春水一路留香/漂走了我稠李子花熏染的童年"(《大雪之河》),流淌于诗中的完全是两条河流,一条雪藏浪漫的河流,另一条则是雪藏记忆之河。我们似乎看到孔子立于桥头,感叹"逝者如斯夫",而聂凤森则立在雪封河流之畔,感叹时光易逝。

自然之诗,是朴质的,更是高雅心灵的诉求。聂凤森拥有一颗淡雅的草木心,他在林木间徜徉,也在自己的记忆中体会人间情味。

在江南，表妹遂想起

——简评水子组诗《烟雨长廊》

余光中诗云："春天,遂想起/遍地垂柳的江南,想起/太湖滨一渔港,想起/那么多的表妹,走在柳堤/我只能娶其中的一朵!"

读完黑龙江女诗人水子的组诗《烟雨长廊》。我说,在江南,表妹遂想起"活着的千年古镇——西塘",想起"来过,便不曾离开"的乌镇,想起烟雨迷蒙、灰墙黛瓦,想起清风拂渚、柔波微漾,想起石桥与乌篷船,想起上善若水和轻舟缓过。

水子身为北方人,却是江南的表妹,拥有细腻的诗心和婉约的抒情。

"烟雨长廊"是西塘的一道风景,木廊临水人枕河,美人倚木烟雨迷。《红楼梦》的贾宝玉说,女人是水做的。诗人水子显然偏爱柔美的江南,她将自己融入古老的西塘,融入江南水。由此,显示出她对"慢生活"的追求。我居住的嘉兴南湖,距离水子所爱的"西塘""乌镇"不过半小时的车程。我深知,忙碌的都市人,常常把古镇当成是"闲度周末"的最佳去处。诗人水子,追求的不仅是闲情雅致,而且深谙江南古意与静寂追求。在她含蓄深刻的诗语里,六百年的五福桥,肩承古镇的过去与未来。诗人行至桥头,微风拂面,时空壁垒就此打破,任其想象驰骋。白墙黑瓦,微雨江南,晓风残月,融为一体。

《一块托举落日的青石板》立体而幽微。它着力于郑愁予的《错误》,却不拘泥于"我达达的马蹄是美丽的错误"的古意。水子与乌镇的相逢唯美而现代。青石板路向晚,诗人走在乌镇的窄巷,迷失于孤寂的情境。她立于藐小之物的视角,以青苔自诩,看古老的乌镇"禁锢爱也禁锢古人","在乌镇所有的石桥上/我多次路过那个叫过客的人/他仅用一堵墙的苍白,就射杀了我",这种低沉而内敛的情韵恰是乌镇的独特气质。

水利万物,且无争,它直指永恒的生命。在古镇,常有一些旧物值得把玩,诸如木廊、青砖、苍松、古桐、苔藓、窗棂、木床等。诗人参观"百床馆""古戏台",看那些老旧的婚俗表演,思绪飘窗而出,于是写下了《木质的失眠》。毋庸置疑,此诗是一首技艺精湛、想象深入、意蕴深刻的佳作。"一张床并非空空如也,爱先于语言降生",诗人的眼力穿透历史,目睹"木床"承载的恒久的爱情,看见"古戏台"下"不断生长的眼睛"。每一寸木头,都蕴涵着鲜活的记忆,而如今展示在游客面前的"木床"和"古戏台",则患上了长久的"失眠症",它见证过去,承续永恒。它就在那里,等人解读,待人唤醒。

江南是中国文化中的一叶扁舟,无数文人墨客渴望醉卧其中。诗人水子,既是江南的过客,又是江南的表妹。她的审美,含着水之意;她的血液,藏着水之韵;她的诗歌,裹着水之魂。

虚实相生与春天抒怀

——简评吴其同组诗《我和春天》

从本质上说,诗歌是语言创造的艺术。古汉语崇尚典雅、精准、富有张力的表达。当下诗人的语言创造力究竟如何呢？他们对古汉语的继承又怎样呢？或许,观其诗,便可知一二。

江苏灌南诗人吴其同的诗歌语言,古朴而典雅,简洁且有张力。他是20世纪90年代初的南京校园诗人。他崇尚自然和美,在自然的河流中,听心灵的流水拍岸。

可以设想,一个倾心自然与回忆的人,逢遇春天,那将是怎样的感觉？他深陷"朦胧诗"的抒情之味,以逃离现实喧嚣者的姿态,且看春意芳菲和流水无情的互悖,又看故乡花开与村庄记忆的融合。

《我和春天》之中的节奏感很强,诗人以规整的三月、四月、五月为诗写对象,阐释"我"与春天的关系。有一些句子值得细看,比如,"我挑一担春风/越过田野/走上街头/大声地叫卖着春天"。春风无形,但诗人化抽象为具体,将春风化作有形的重量。或许是因为这万顷春风让诗人感到春天的蓬勃之意。"越过""叫卖"等词表现了人人皆在春天"抖擞抖擞精神"。诗人在三节诗歌藏着三个时段——早春、仲春、暮春。"血飞溅向河岸树枝",春花喜人,古人表达过无数次,如何令想象出奇、语言出新,这是一个难题。吴其同将仲春想象成"玻璃瓶",而花儿则灿若锦绣。时至暮春,"我伫立河岸/收拾残破的碎片/捡拾落地的花瓣"到"主持一场隆重的葬礼",此情此景可共鸣。

很明显,吴其同眼中的春天与常人所见存在偏差。他作为诗人的独特之处在于语言的发现。他能够将一些普通的"生活主题"写成独特的诗作,这正是诗歌给人的馈赠(在平凡琐屑中发现诗意美感)。

《故乡》中的"泪水""相册"等一类的词语较为通俗,"白杨树""星月""炊烟""村庄"等词也很陈旧。写诗过程中,调动"旧词"的活力是有难度的技术活,如何将最通俗的事物写出诗意,颇有挑战。但从《我和春天》(组诗)的语言来说,吴其同基本做到了。故此,即使乡土诗歌有其时代局限性,吴其同也有了较好的超越,他信奉"一切景语皆情语",热衷自然,热爱表达。在他的很多作品中,万物皆有灵。"春风"可以猜透"所有的心事";"春风"可以吟唱"飘香的老歌";"春风"还可以"扬起生命的暗香":而这些都是诗人对春意的抒怀。

热爱自然,旨在让人感受到自信平和的力量。但是当下的乡土诗歌写作趋于同质,在思想和语言的创造性上仍有很大的空间。期待下一个春天,诗人以及热爱乡土的朋友们,可以描绘出更有特色的春天。

多谈主义（后记）

　　"汉语容器"这个书名，并无出处。它代表着我的批评追求——恢复汉语的光辉。我期待这本评论集能在一定程度上超越《归于书》。

　　事实上，我对汉语的热爱，出于天然。身为中国人，我在尚未识字时，就能用方言表达所见所感，而且比较准确。只是随着自己精神的生长，语言系统更庞杂，偏偏难以阐明自己的立场。又或者，我每天操持的汉语，随着我之所欲，变得游离了。

　　在我为批评做准备时，许多师友劝我，多谈逝者是非，少说活人作品。毕竟，对当下诗文的批评，是酬酢应制，学理定会偏颇。显然，这很在理。但我从不只信经典，不相信诗歌或者故事只有一种写法，也不相信某项运动或流派的至高无上。我认为汉语的现代性是发展的，文字是没有局限的。活在当下，关注当下，具有较强的现实意义。

　　我提倡文本中心主义，主张批评应注重文本细读。这建立在读写互信的基础之上。我并不觉得诗学是深不可测的立论，而应贴近每一位诗人的情感、技巧、思想、风格。生命诗学和文化诗学曾风靡一时，如今更细致入微了。于是，我结合诗人的个体创作，冠之于：困境诗学、湖畔诗学、中年诗学、测绘诗学、个体诗学、日常诗学等。或许，这些诗学名词有很大，有些信口雌黄。但鼓励我这么做的，恰恰是诗歌文本。

　　我坚信：每一个跋涉长途的写作者，一定会有自己的写作追求。而我批评的使命，就是找到他们的生命及作品里的暗渠。如果我读到了作者本身尚未发现又确实潜在的创作追求,那是应当庆贺的。

在趋利与趋同的当下,我认为要多谈主义。诗以言志,志乃士人心。我们应当持有一些话语权,至少可以对自己的生活和眼下的世界响亮发言。

从吴越电子音像出版社出版的《一个人的激辩》到上海书店出版社打造的《归于书》,再到"2019 年浙江省新荷文丛"之一的《汉语容器》,我正朝着文学及语言的内部进发,这些文字正是我对新诗的理解,是我对当代文学的观察。

另外,我常在深夜问自己:人生如寄,多忧何为? 我为何写作? 选择与文字为伍,究竟是对现实的退避,还是受灵魂的驱使? 这些,我都想过。但最后,我的答案是:为爱写作。

为爱写作,并非刻意的模仿。在一个由耕读传家向现代生活进发的家庭中,我深感夫妻互爱、儿女平和的重要性,他们是我生活、工作、写作的动力。我希望在文字中学会爱、表达爱,学会谦逊与深思。让整个家成为准确的、动听的、方正的汉语容器,应该不失为一条舒心之路。

批评是苦差,但可见良知。近些年来,感谢浙江"新湖畔"的卢山、双木、北鱼、余退等兄弟,携手在湖畔写诗,幸甚;感谢但及、芦苇岸、汗漫、许春夏、黎阳、刘春、张敏华、康泾、赵俊、吴友财等师友的信任与鼓励;感谢万事利天时文化创意有限公司的李大军先生;感谢该书的责任编辑刘淑娟女士,她容忍我三易书稿,可谓"性行淑均"。

最后,用汗漫兄的一句话结尾——"在汉语中,就是在人间"。

2019 年仲夏
于南湖畔